*Über dieses Buch* Das Lebensgefühl der Menschen im alten, im kaiserlichen und königlichen Österreich spiegelt sich mit intensiver Deutlichkeit in Arthur Schnitzlers Werk. »Schon das Gestern verschwimmt, und alles, was ein paar Tage zurückliegt, bekommt den Charakter eines unklaren Traumes«, umschreibt er es in der Erzählung ›Blumen‹. Diese Sicht der Dinge und Erfahrungen bestimmt ihr Verhalten, ihre Gleichgültigkeit anderen gegenüber, ihre Selbstliebe. Schnelles Vergessen von Einzelheiten hindert jedoch nicht, dem, was an schemenhafter Erinnerung bleibt, nachzusinnen, besonders, wenn es durch immer wiederkehrende Details wachgehalten wird – Blumen hier, ein anderer Mann am Grab der eigenen Frau dort. Themen genug für zeit- und gesellschaftskritisches Erzählen – vor allem auch vom Fehlverhalten dieser Menschen, die, aus solchem Lebensgefühl heraus, nicht davor zurückscheuen, die anderen, die gewissenhaften, zu opfern, wenn sie selbst sich allzusehr verstrickt haben. Fräulein Elses Vater hat Mündelgelder veruntreut, ihm droht ein Skandal. Er hofft, durch seine Tochter von einem Geschäftsfreund die Summe leihen zu können. Die Bedingung, die dieser stellt – »eine Viertelstunde dastehen zu dürfen vor ihrer Schönheit«, sie soll nackt bleiben –, ist mit ihrer Ehre nicht vereinbar; aus Liebe zu ihrem Vater erklärt sie sich jedoch bereit, ohne dieser Zumutung wirklich entsprechen zu können. Die Form, die Arthur Schnitzler gerade für diese Erzählung entwickelt hat, der innere Monolog, steht »genau in der Mitte zwischen Novelle und Drama« – sie unterstreicht, daß es ihm bei seinem Schreiben zugleich um äußeres, reales Geschehen wie um das innere, das psychische Erleben der Gestalten der Menschen seiner Zeit ging.

*Der Autor* Arthur Schnitzler wurde am 15. Mai 1862 in Wien als Sohn eines Professors der Medizin geboren. Nach dem Studium der Medizin war er Assistenzarzt an der Poliklinik und dann praktischer Arzt in Wien, bis er sich mehr und mehr seinen literarischen Arbeiten widmete. Er starb am 21. Oktober 1931 als einer der bedeutendsten österreichischen Erzähler und Dramatiker der Gegenwart in Wien.

Im Fischer Taschenbuch Verlag erschien sein Gesamtwerk in 15 Einzelausgaben (Bde. 1960–1974), ›Casanovas Heimfahrt‹ (Bd. 1343), ›Jugend in Wien‹ (Bd. 2068), ›Reigen/Liebelei‹ (Bd. 7009), ›Der Sekundant und andere Erzählungen‹ (Bd. 9100), ›Spiel im Morgengrauen‹ (Bd. 9101).

Arthur Schnitzler

# Fräulein Else
und andere Erzählungen

Fischer
Taschenbuch
Verlag

Ungekürzte Ausgabe
Veröffentlicht im Fischer Taschenbuch Verlag GmbH,
Frankfurt am Main, Mai 1987

Lizenzausgabe mit freundlicher Genehmigung
des S. Fischer Verlags GmbH, Frankfurt am Main

Umschlagentwurf: Jan Buchholz/Reni Hinsch
unter Verwendung eines Gemäldes von Gustav Klimt
›Die Freundinnen‹, 1916/1917
Mit freundlicher Genehmigung
der Galerie Welz, Salzburg
Satz: Fotosatz Otto Gutfreund, Darmstadt
Druck und Bindung: Clausen & Bosse, Leck
780-ISBN-3-596-29102-X

# Inhalt

Blumen 9
Der Andere 27
Fräulein Else 41

# Blumen

Da bin ich nun den ganzen Nachmittag in den Straßen herumspaziert, auf die stiller weißer Schnee langsam herunterschwebte, – und bin nun zu Hause, und die Lampe brennt, und die Zigarre ist angezündet, und die Bücher liegen da, und alles ist bereit, daß ich mich so recht behaglich fühlen könnte... Aber es ist ganz vergeblich, und ich muß immer nur an dasselbe denken.

War sie nicht längst für mich gestorben? ... ja, tot, oder gar, wie ich mit dem kindischen Pathos der Betrogenen dachte, »schlimmer als tot?« ... Und nun, seit ich weiß, daß sie nicht »schlimmer als tot« ist, nein, einfach tot, so wie die vielen anderen, die draußen liegen, tief unter der Erde, immer, immer, wenn der Frühling da ist, und wenn der schwüle Sommer kommt, und wenn der Schnee fällt wie heute... so ohne jede Hoffnung des Wiederkommens – seither weiß ich, daß sie auch für mich um keinen Augenblick früher gestorben ist als für die anderen Menschen. Schmerz? – Nein. Es ist ja doch nur der allgemeine Schauer, der uns faßt, wenn etwas ins Grab sinkt, das uns einmal gehört hat, und dessen Wesen uns noch immer ganz deutlich vor Augen steht, mit dem Leuchten des Blickes und mit dem Klang der Stimme.

Es war ja gewiß sehr traurig, als ich damals ihren Betrug entdeckte; ... aber was war da noch alles dabei! ... Die Wut und der plötzliche Haß und der Ekel vor dem Dasein und – ach ja, gewiß! – die gekränkte Eitelkeit; – ich bin ja erst nach und nach auf den Schmerz gekommen! Und dann war ein Trost da, der zur Wohltat wurde: daß sie selbst leiden mußte. – Ich habe sie noch alle, jeden Augenblick kann ich sie wieder lesen, die Dutzende Briefe, die um Verzeihung flehten, schluchzten, jammerten! –– Und ich sehe sie selbst noch vor mir, in dem dunkeln, englischen Kleide, mit dem kleinen Strohhut, wie sie an der Ecke der Straße stand, in der Abenddämmerung, wenn ich aus dem Haustor trat, ... und mir nachschaute ... Und auch an jenes letzte Wiedersehen denk' ich noch, wie sie vor mir stand mit den großen, staunenden Augen in dem runden Kindergesicht, das nun so blaß und verhärmt war ... Ich habe ihr nicht die Hand gegeben, als sie ging; – als sie zum letzten Male ging. – Und vom Fenster aus hab' ich sie noch bis zur Straßenecke gehen sehen, und da ist sie verschwunden – – – für immer. Jetzt kann sie nicht wiederkommen ...

Daß ich es überhaupt weiß, ist ein Zufall. Es hätte auch noch Wochen, Monate dauern können. Ich begegnete vormittags ihrem Onkel, den ich wohl ein Jahr lang nicht gesehen hatte, und der sich nur selten in Wien aufhält. Nur ein paarmal hatte ich ihn früher gesprochen. Zuerst, vor drei Jahren, an einem »Kegelabend«, zu welchem auch sie mit ihrer Mutter hingekommen war. – Und dann im Sommer drauf: da war ich mit ein paar Freunden im Prater, in der »Csarda«. Und an dem Tisch neben uns saß der Onkel mit zwei oder drei Herren, sehr gemütlich, beinahe fidel, und trank mir zu. Und bevor er den Garten verließ, blieb er noch bei mir stehen, und, wie ein großes Geheimnis, teilte er mir mit, daß seine Nichte für mich schwärme! – Und mir kam das so im Halbdusel eigentümlich und lustig und beinahe abenteuerlich vor, daß der alte Mann mir das hier erzählte, unter den Klängen des Cymbals und der hellen Geigen, – mir, der ich das so gut wußte, und dem noch der Duft ihres letzten Kusses auf den Lippen lag ... Und nun, heute vormittag! Fast wär ich an ihm vorbeigegangen. Ich fragte ihn nach seiner Nichte, mehr aus Höflichkeit als aus Interesse ... Ich wußte ja nichts mehr von ihr; auch die Briefe waren schon längst nicht mehr gekommen; nur Blumen schickte sie regelmäßig. Erinnerungen an einen unserer seligsten Tage; einmal jeden Monat kamen sie; kein Wort dazu, schweigende, demütige Blumen ... Und wie ich den Alten fragte, war er ganz erstaunt. Sie wissen nicht, daß das arme Kind vor einer Woche gestorben ist? Ich erschrak heftig. – Er erzählte mir dann noch mehr. Daß sie lange gekränkelt habe, daß sie aber kaum acht Tage zu Bett gelegen sei ... Und was ihr gefehlt habe? ... »Gemütskrankheit ... Blutarmut ... Die Ärzte wissen ja nie was Rechtes.« –

Ich bin noch lange auf der Stelle stehengeblieben, wo mich der alte Mann verlassen hatte; – ich war abgespannt, als lägen große Mühen hinter mir. – Und jetzt ist mir, als müßte ich den heutigen Tag als einen betrachten, der einen Abschnitt meines Lebens bedeutete. Warum? – Warum? Mir ist nur etwas Äußerliches begegnet. Ich habe nichts mehr für sie empfunden, ich habe kaum noch ihrer gedacht. Und daß ich alles dies niederschrieb, hat mir wohlgetan: ich bin ruhiger geworden... Ich beginne die Behaglichkeit meines Heims zu empfinden. – Es ist überflüssig und selbstquälerisch, weiter darüber zu denken... Es wird schon irgendwen geben, der tieferen Grund hat, heute zu trauern, als ich.

Ich habe einen Spaziergang gemacht. Heiterer Wintertag. Der Himmel so blaß, so kalt, so weit... Und ich bin sehr ruhig. Der alte Mann, den ich gestern traf... mir ist, als wenn es vor vielen Wochen gewesen wäre. – Und wenn ich an sie denke, kann ich sie mir in eigentümlich scharfen, fertigen Umrissen vorstellen; und nur eins fehlt: der Zorn, der sich noch bis in die letzte Zeit meiner Erinnerung beigesellte. Eine wirkliche Vorstellung davon, daß sie nicht mehr auf der Welt ist, daß sie in einem Sarg liegt, daß man sie begraben hat, habe ich eigentlich nicht... Es ist gar kein Weh in mir. Die Welt kam mir heute stiller vor. Ich habe in irgendeinem Augenblick gewußt, daß es überhaupt weder Freuden noch Schmerzen gibt; – nein, es gibt nur Grimassen der Lust und der Trauer; wir lachen und weinen und laden unsere Seele dazu ein. Ich könnte mich nun hinsetzen und sehr tiefe, ernste Bücher lesen, und dränge bald in all ihre Weisheit ein. Oder ich könnte vor alte Bilder treten, die mir früher nichts gesagt, und jetzt ginge mir ihre dunkle Schönheit auf... Und wenn ich mancher lieben Menschen denke, die mir gestorben sind, so krampft sich das Herz nicht wie sonst – der Tod ist etwas Freundliches geworden; er geht unter uns herum und will uns nichts Böses tun.

Schnee, hoher, weißer Schnee auf allen Straßen. Da ist das kleine Gretel zu mir gekommen und hat gefunden, wir müssen endlich einmal eine Schlittenpartie machen. Und da waren wir nun auf dem Land und sind auf glatten, hellen Wegen mit Schellengeklingel hingesaust, den blaßgrauen Himmel über uns, rasch, rasch dahin, zwischen weißen, glänzenden Hügeln. Und Gretel lehnte mir an der Schulter; sah mit vergnügten Augen auf die lange Straße vor uns. Wir kamen in ein Wirtshaus, das wir gut vom Sommer her kannten, aus der Zeit, da es mitten im Grünen lag, und das nun so verändert aussah, so einsam, so ohne Zusammenhang mit der übrigen Welt, als müßte man's erst von neuem entdecken. Und der geheizte Ofen in der Wirtsstube glühte, daß wir den Tisch weitweg rücken mußten; weil die linke

Wange und das Ohr der kleinen Gretel ganz rot geworden waren. Da mußt ich ihr die blassere Wange küssen. Dann die Rückfahrt schon im halben Dunkel. Wie sich Gretel ganz nahe an mich schmiegte und meine beiden Hände in die ihren nahm. – Dann sagte sie: Heut hab ich dich endlich wieder. Sie hatte so ohne alles Grübeln das rechte Wort gefunden, was mich ganz froh machte. Vielleicht auch hat die herbe Schneeluft auf dem Lande meine Sinne wieder freier gemacht, denn freier und leichter fühle ich mich, als alle die letzten Tage. –

Neulich wieder einmal, während ich nachmittags auf dem Diwan im Halbschlummer lag, beschlich mich ein sonderbarer Gedanke. Ich kam mir kalt und hart vor. Wie einer, der ohne Tränen, ja ohne jede Fähigkeit des Fühlens an einem Grabe steht, in das man ein geliebtes Wesen gesenkt hat. Wie einer, der so hart geworden ist, daß ihn nicht einmal die Schauer eines jungen Todes versöhnen ... Ja, unversöhnlich, das war es ...

Vorbei, ganz vorbei. Das Leben, das Vergnügen und das bißchen Liebe jagt all das dumme Zeug davon. Ich bin wieder mehr unter Menschen. Ich habe sie gern, sie sind harmlos, sie plaudern von allen möglichen heiteren Dingen. Und Gretel ist ein liebes, zärtliches Geschöpf, und am schönsten ist sie, wenn sie so bei mir in der Fensternische steht, nachmittags, und auf ihrem blonden Kopf die Sonnenstrahlen glitzern.

Etwas Seltsames ist heute geschehen ... Es ist der Tag, an welchem sie mir allmonatlich die Blumen schickte ... Und die Blumen sind wieder gekommen, als ... als hätte sich nichts verändert. – Sie kamen frühmorgens mit der Post in einem weißen, langen, schmalen Karton. Es war noch ganz früh; noch lag mir der Schlaf über Stirn und Augen. Und erst wie ich daran war, den Karton zu öffnen, kam mir die volle Besinnung ... Da bin ich beinahe erschrocken ... Und da lagen, zierlich durch einen Goldfaden zusammengehalten, Nelken und Veilchen ... Wie in einem Sarge lagen sie da. Und wie ich die Blumen in die Hand nahm, ging mir ein Schauer durchs Herz. – Ich weiß, wieso sie auch heute noch gekommen sind. Als sie ihre Krankheit nahen, als sie vielleicht schon eine Ahnung des nahen Todes fühlte, hat sie noch den gewohnten Auftrag in der Blumenhandlung gegeben. Ich sollte ihre Zärtlichkeit nicht vermissen. –

Gewiß, so ist die Sendung zu erklären; als etwas völlig Natürliches, als etwas Rührendes vielleicht... Und doch, wie ich sie in der Hand hielt, diese Blumen, und wie sie zu zittern und sich zu neigen schienen, da mußt ich sie wider alle Vernunft und allen Willen als etwas Gespenstisches empfinden, als kämen sie von ihr, als wär es ihr Gruß... als wollte sie noch immer, auch jetzt noch, als Tote, von ihrer Liebe, von ihrer – verspäteten Treue erzählen. – Ach, wir verstehen den Tod nicht, nie verstehen wir ihn; und jedes Wesen ist in Wahrheit erst dann tot, wenn auch alle die gestorben sind, die es gekannt haben... Ich habe die Blumen heute auch anders in die Hand genommen als sonst, zarter, als könnte man ihnen ein Leids antun, wenn man sie zu hart anfaßte... als könnten ihre stillen Seelen leise zu wimmern anfangen. Und wie sie jetzt vor mir auf dem Schreibtisch stehen, in einem schlanken, mattgrünen Glas, da ist mir, als neigten sich die Blüten zu traurigem Dank. Das ganze Weh einer nutzlosen Sehnsucht duftet mir aus ihnen entgegen, und ich glaube, daß sie mir etwas erzählen könnten, wenn wir die Sprache alles Lebendigen und nicht nur die alles – Redenden verständen.

Ich will mich nicht beirren lassen. Es sind Blumen, weiter nichts. Es sind Grüße aus dem Jenseits ... Es ist kein Rufen, nein, kein Rufen aus dem Grabe. – Blumen sind es, und irgend eine Verkäuferin in einem Blumengeschäft hat sie ganz mechanisch zusammengebunden, ein bißchen Watte drum getan, in die weiße Schachtel gelegt und dann auf die Post gegeben. – Und nun sind sie eben da, warum denk ich drüber nach? –

Ich bin viel im Freien, mache weite, einsame Spaziergänge. Wenn ich unter Menschen bin, fühle ich keinen rechten Zusammenhang mit ihnen; die Fäden alle reißen ab. Das merk ich auch, wenn das liebe, blonde Mädel in meinem Zimmer sitzt und mir da alles Mögliche vorplaudert von ... ja, ich weiß gar nicht wovon. Denn wie sie wieder fort ist, da ist sie gleich, im ersten Augenblick schon, so fern, als wäre sie weit weg, als nähme die Flut der Menschen sie gleich auf immer mit, als wäre sie spurlos verschwunden. Wenn sie nicht wiederkäme, könnte ich mich kaum wundern.

Die Blumen stehen in dem schlanken, grün schimmernden Glas, ihre Stengel ragen ins Wasser, und das Zimmer duftet davon. – Sie duften noch immer – obwohl sie schon eine Woche in meinem Zimmer sind und langsam zu welken beginnen. – Und ich begreife allen möglichen Unsinn, den ich belacht habe, ich begreife das Zwiesprachpflegen mit Gegenständen der Natur ... ich begreife, daß man auf Antwort warten kann, wenn man mit Wolken und Quellen spricht; denn auch ich starre ja diese Blumen an und warte, daß sie anfangen zu reden ... Ach nein, ich weiß ja, daß sie immer reden ... auch jetzt ... daß sie immerfort reden und klagen, und daß ich nahe daran bin, sie zu verstehen.

Wie froh bin ich, daß nun der starre Winter zu Ende geht. Schon schwimmt ein Ahnen des nahen Frühlings in der Luft. Die Zeit geht ganz eigen hin. Ich lebe nicht anders als sonst, und doch ist mir manchmal, als wären die Umrisse meines Daseins weniger fest gezeichnet. Schon das Gestern verschwimmt, und alles, was ein paar Tage zurückliegt, bekommt den Charakter eines unklaren Traumes. Immer von neuem, wenn Gretel mich verläßt, und insbesondere wenn ich sie mehrere Tage nicht sehe, da ist mir, als wäre das eine Geschichte, die längst, längst vorbei ist. Sie kommt immer von so weit, so weit! – Wenn sie dann zu plaudern anfängt, ist's freilich bald wieder beim alten, und ich habe ein deutliches Empfinden der Gegenwart und des Daseins. Und fast sind die Worte dann zu laut und die Farben zu grell; und wie das liebe Kind, kaum daß sie mich verläßt, in eine unsägliche Ferne entrückt ist, so jäh und glühend ist ihre Nähe. Sonst blieb mir doch noch ein Nachklang und ein Nachbild zurück von tönenden und lichten Augenblicken; jetzt aber verhallt und verlischt alles, plötzlich, wie in einer dumpfen Grotte. – Und dann bin ich allein mit meinen Blumen. Sie sind schon welk, ganz welk. Sie haben keinen Duft mehr. Gretel hatte sie bisher nicht beachtet; heute das erstemal weilte ihr Blick lange auf ihnen, und mir war, als wollte sie mich fragen. Und plötzlich schien sie eine geheime Scheu davon abzuhalten; – sie sprach überhaupt kein Wort mehr, nahm bald Abschied von mir und ging.

Sie blättern langsam ab. Ich rühre sie nie an; auch würden sie zwischen den Fingern zu Staub werden. Es tut mir unsäglich weh, daß sie welk sind. Warum ich nicht die Kraft habe, dem blöden Spuk ein Ende zu machen, weiß ich nicht. Sie machen mich krank, diese toten Blumen. Ich kann es zuweilen nicht aushalten, ich stürze davon. Und mitten auf der Straße packt es mich dann, und ich muß zurück, muß nach ihnen sehen. Und da find ich sie dann in demselben grünen Glas, wie ich sie verlassen, müd' und traurig. Gestern abend hab' ich vor ihnen geweint, wie man auf einem Grabe weint, und habe gar nicht an die gedacht, von der sie eigentlich kommen. – Vielleicht irre ich mich! aber mir ist, als fühlte auch Gretel die Anwesenheit von irgend etwas Seltsamem in meinem Zimmer. Sie lacht nicht mehr, wenn sie bei mir ist. Sie spricht nicht so laut, nicht mit dieser frischen, lebhaften Stimme, die ich gewohnt war. Ich empfange sie freilich nicht mehr wie früher. Auch quält mich eine stete Angst, daß sie mich doch einmal fragen könnte; und ich weiß, daß mir jede Frage unerträglich wäre. Oft nimmt sie ihre Handarbeit mit zu mir, und wenn ich noch über den Büchern bin, sitzt sie still am Tisch, häkelt oder stickt, wartet geduldig, bis ich die Bücher weglege und aufstehe und zu ihr trete, ihr die Arbeit aus der Hand zu nehmen. Dann entferne ich den grünen Schirm von der Lampe, bei der sie gesessen, und durchs ganze Zimmer fließt das freundliche, milde Licht. Ich habe es nicht gern, wenn die Ecken im Dunkeln sind.

Frühling! – Weit offen steht mein Fenster. Am späten Abend hab' ich mit Gretel auf die dunkle Straße hinausgeschaut. Die Luft um uns war weich und warm. Und wie ich zur Straßenecke hinsah, wo die Laterne ist, die ein schwaches Licht verbreitet, stand plötzlich ein Schatten dort. Ich sah ihn und sah ihn nicht ... Ich weiß, daß ich ihn nicht sah ... Ich schloß die Augen. Und durch die geschlossenen Lider konnte ich plötzlich sehen, und da stand das elende Geschöpf, im schwachen Licht der Laterne, und ich sah das Gesicht unheimlich deutlich, als wenn es von einer gelben Sonne beleuchtet würde, und sah in dem verhärmten, blassen Gesicht die großen, verwunderten Augen ... Da ging ich langsam vom Fenster weg und setzte mich zum Schreibtisch; auf dem flackerte das Kerzenlicht im Windhauch, der von draußen kam. Und ich blieb regungslos sitzen; denn ich wußte, daß das arme Geschöpf an der Straßenecke stand und wartete; und wenn ich gewagt hätte, die toten Blumen anzufassen, so hätt' ich sie aus dem Glas genommen und sie ihr gebracht ... So dacht' ich, dacht' es ganz fest, und wußte zugleich, daß es unsinnig war. Gretel verließ nun auch das Fenster und blieb einen Augenblick hinter meinem Sessel stehen und berührte mit ihren Lippen mein Haar. Dann ging sie, ließ mich allein... Ich starrte die Blumen an. Es sind gar keine mehr, es sind fast nur mehr nackte Stengel, dürr und erbärmlich... Sie machen mich krank und rasend. – Und es muß wohl zu begreifen sein; sonst hätte Gretel mich doch einmal gefragt; aber sie fühlt es ja auch – sie flieht zuweilen, als wenn Gespenster in meinem Zimmer wären. –

Gespenster! – Sie sind, sie sind! – Tote Dinge spielen das Leben. Und wenn welkende Blumen nach Moder riechen, so ist es nur Erinnerung an die Zeit, wo sie blühten und dufteten. Und Gestorbene kommen wieder, solang wir sie nicht vergessen. – Was hilft's, daß sie nicht mehr sprechen kann; – ich kann sie ja noch hören! Sie erscheint nicht mehr, aber ich kann sie noch sehen! — Und der Frühling draußen, und die Sonne, die hell über meinen Teppich fließt, und der Hauch von frischem Flieder, der vom nahen Parke hereinkommt, und die Menschen, die unten vorbeigehen, und die mich nichts kümmern, gerade das ist das Lebendige? Ich kann die Vorhänge herablassen, und die Sonne ist tot. Ich will von all diesen Menschen nichts mehr wissen, und sie sind tot. Ich schließe das Fenster, kein Fliederduft mehr weht um mich, und der Frühling ist tot. Ich bin mächtiger als die Sonne und die Menschen und der Frühling. Aber mächtiger als ich ist die Erinnerung, die kommt, wann sie will, und vor der es kein Fliehen gibt. Und diese dürren Stengel im Glas sind mächtiger als aller Fliederduft und Frühling.

Über diesen Blättern bin ich gesessen, als Gretel hereintrat. Noch nie war sie so früh am Tag gekommen; selten vor Eintritt der Dämmerung. Ich war erstaunt, fast betroffen. Ein paar Sekunden blieb sie in der Tür stehen; und ich schaute sie an, ohne sie zu begrüßen. Da lächelte sie und trat näher. Sie trug einen Strauß frischer Blumen in der Hand. Dann ist sie, ohne ein Wort zu reden, bis zu meinem Schreibtisch gekommen und hat die Blumen vor mich hingelegt. Und in der nächsten Sekunde greift sie nach den verwelkten im grünen Glas. Mir war, als griffe man mir ins Herz; – aber ich konnte nichts sagen ... Und wie ich aufstehen will, das Mädel beim Arm packen, schaut sie mich lachend an. Und hält den Arm mit den welken Blumen hoch, eilt hinter dem Schreibtisch zum Fenster, und wirft sie einfach hinunter auf die Straße. Mir ist, als müßt' ich ihnen nach; aber da steht das Mädel, an die Brüstung gelehnt, das

Gesicht mir zugewandt. Und über ihren blonden Kopf fließt die Sonne, die warme, die lebendige ... Und reicher Fliederduft kommt von drüben. Und ich sehe auf das leere grüne Glas, das auf dem Schreibtisch steht; ich weiß nicht, wie mir ist; freier glaub ich, – viel freier als früher. Da kommt Gretel herzu, nimmt ihren kleinen Strauß und hält ihn mir vor's Gesicht; kühlen weißen Flieder ... Ein so gesunder frischer Duft; – so weich, so kühl; ich wollte mein Gesicht ganz darin vergraben. – Lachende, weiße, küssende Blumen – und ich fühlte, daß der Spuk vorbei war. – Gretel stand hinter mir und fuhr mir mit ihren wilden Händen ins Haar. Du lieber Narr, sagte sie. – Wußte sie, was sie getan? ... Ich nahm ihre Hände und küßte sie. – – Und abends sind wir ins Freie hinaus, in den Frühling. Eben bin ich mit ihr zurückgekommen. Die Kerze habe ich angezündet; wir sind viel gegangen, und Gretel ist so müde geworden, daß sie auf dem Lehnstuhle neben dem Ofen eingeschlummert ist. Sie ist sehr schön, wie sie da im Schlummer lächelt.

Vor mir im schlanken grünen Glas steht der Flieder. – Unten auf der Straße – nein, nein, sie liegen längst nicht mehr da unten. Schon hat sie der Wind mit dem andern Staub verweht.

# Der Andere

## Aus dem Tagebuch eines Hinterbliebenen

Allein! – Ganz allein …

Vor meinem Schreibpulte sitze ich; die Leuchter brennen … die Tür zu dem Zimmer, das einst das ihre war, steht weit offen, und wie ich meinen Blick erhebe, versinkt er in den dunklen Raum. Glitzernd von den Häusern drüben spielen Lichtreflexe an meine Fensterscheiben … Wie neu, wie brutal das ist … Sie hat die Vorhänge in meinem Arbeitszimmer immer niedergelassen, wenn der Abend kam; kein Lärm der Straße, kein Licht des Gegenüber durfte zu uns herein …

Und die Stunden gingen hin. Ich bin auf und ab spaziert in meinem Zimmer; auch in dem ihren. Auf ihren Diwan hab' ich mich hingestreckt, bin da lang gelegen und habe in die überflüssige Welt vor den Fenstern hinausgestarrt … Vor ihren Schreibtisch hab' ich mich hingestellt, die Federstiele in den Händen gehalten, an denen noch der Duft ihrer Fingerspitzen haftet … Und vor dem

Kamin, dem ausgebrannten, bin ich gestanden, habe mit der Ofengabel in der Asche herumgewühlt... Und das zischelte und knirschte von zerstäubtem Papier und Kohlenstücken.

Morgen für Morgen wandere ich auf den Friedhof hinaus... Es ist heuer ein Spätherbst mit einer kalten und frechen Sonne, und wenn ich die weiße Mauer von weitem sehe, so brennen mir die Augen. Dann wandle ich durch die Gräberreihen und betrachte mir die Leute, die da kommen, zu beten und zu weinen. Ich fange an, einzelne zu kennen... Sonderbar an diesen Gestalten berührt mich das Typische, das immer Wiederkehrende... Das Mädchen, das schluchzend vor jenes Kreuz nahe der Kapelle hinsinkt, immer mit demselben Schluchzen, mit denselben Veilchen, die sie auf die feuchte Erde hinlegt, und wenn sie dann aufsteht, immer der gefestigte Ausdruck im Antlitz, das rasche Weggehen... Sie beweint einen Jüngling; er starb im vierundzwanzigsten Jahre, gewiß, sie war seine Braut... Immer packt mich der Gedanke: Ja, wie kann sie denn da wieder aufstehen, woher der getröstete Blick, mit dem sie von dannen geht?... Ich möchte ihr nacheilen: Es gibt keinen Trost, Närrin! ...Und ich, der ich täglich da bin, was suche ich eigentlich? … Sie ärgern mich manchmal, die Leute da mit dem Flor um den Hut, mit den dunklen Handschuhen … Dabei sehe ich wohl auch so aus wie all die Anderen, blaß und verweint … Oh, ich weiß es schon … ich bin eifersüchtig auf den Schmerz der Anderen, es geht mir hier, wie es mir mit erhabenen und entzückenden Dingen widerfuhr. Ich konnte den Ausdruck der Begeisterung auf den Zügen Anderer nicht vertragen, wenn ich mich an etwas Großem berauscht hatte … Neidisch sah ich meinen Nachbarn an, den ein gleicher Schauer zu durchfließen schien wie mich … Etwas in mir lehnte sich dagegen auf, daß alle diese da zwischen den Gräbern herumirren mit demselben unsäglichen, ewigen Schmerz … Ach, es ist erbärmlich. Dasselbe empfinden sie alle, und dann rollen die Tage weiter … mit neuen Gedanken, frischeren Hoffnungen … am Ende kommt noch trügerisch und weich der Frühling und blüht einem zudringlich ins Gesicht … Die Lüfte wehen, und die Blumen duften, und die Frauen lachen, und wir sind wieder die Genarrten, sind um unsern großen und ewigen Schmerz betrogen …

Ich stehe meist ein paar Schritte weit weg von dem Fleck Erde, unter dem sie ruht... Wenn einmal das steinerne Grabmal aufgerichtet ist, so werde ich mich wohl an die kalten Stufen lehnen können, werde mein Haupt herabbeugen, werde knien; auf die Erde selbst wage ich mich nicht nieder. Mich schauert vor dem Gedanken, daß Stücke von dem Staub unter mir wegbröckeln, daß ich sie auf den Sarg aufschlagen höre... Und doch, manchmal durchrast mich eine schier unbezwingliche Lust, mich niederzuwerfen, mit den Händen in der Erde herumzuwühlen... Meine Trauer hat nichts Mildes... ich bin zornig, ich knirsche mit den Zähnen, ich hasse alles und alle... Vor allem diejenigen, die mit mir leiden... Alle diese Männer, Weiber, Kinder, unter denen ich umherwandle, sie sind mir widerwärtig, ich möchte sie davonjagen ... Besonders hat der Gedanke etwas unsäglich Erbitterndes für mich, daß irgendwer gestern zum letzten Male da war. Er hat sein Leid zu Ende gelitten... Er hat gefühlt, daß es immer linder wurde... er ist tagtäglich befreiter von hinnen gegangen. Und eines Morgens erwacht er und kann wieder lächeln... Wie hasse ich die Leute, die wieder lächeln können... Aber eines Morgens werde ich auch wieder lächeln! ... Auch ich werde vergessen! ... In mir taucht heute die Erinnerung an meine Jünglingszeit auf ... wie ich an der Seite der Süßen, Liebsten durch den Wald schritt und so unendlich glücklich hätte sein können ... Ich war es ja auch. Es gibt Augenblicke, die alles verschlingen, Vergangenheit, Zukunft, die eben die Ewigkeit selber sind ... Aber ich habe nie zu jenen gehört, die geruhig ihres Weges zu Seiten der Landstraße wandern, sich ab und zu tiefer in die Wiesen und Wälder verirren und sich ins Grüne legen können, selig den Morgen eintrinkend. Auf die Bäume bin ich gestiegen und habe ins Weite hinausgesehen, dorthin, wo die Landstraße im Grauen verschwindet und der Lenz zu sterben anfängt ... Und hier ... hier in diesem Zimmer, beim Fenster, war es ja, als mein Weib einmal zärtlich meine Wangen küßte und mich ein so eisiger Schauer durchlief ... Die Minuten, Stunden, Tage, Jahre tollten davon, unsere Zeit war um ... Alt, beide, das Ende, das Ende! ... So habe ich meine Liebe entheiligt, weil ich dachte, daß sie verblassen mußte ... Und nun entheilige ich meinen Schmerz, indem ich daran denke, daß ich wieder einmal lächeln werde! ...

Wer ist jener Mann mit dem blonden Haar und den klagenden Augen? Um wen weint er? Die Ruhestätte, die er Tag für Tag aufsucht, liegt wenige Schritte von dem Grabe meiner Gattin ... Der Mann ist mir aufgefallen, weil ich ihn nicht so sehr hassen kann wie die anderen. Er ist früher da als ich und bleibt noch, wenn ich mich entferne ... Vielleicht wäre ich nicht auf ihn aufmerksam geworden, wenn ich nicht einmal seine Blicke mit einem Glanz so tiefen Mitleids auf mir ruhen gefühlt hätte, daß ich fast erbebte. Ich schaute ihn fest an; er wandte sich langsam um und schritt der Friedhofsmauer entlang ... Ich muß ihn übrigens kennen ... von früher her ... Aber woher? ... Haben wir uns auf einer Reise getroffen? ... Habe ich ihn im Theater gesehen? ... Oder nur auf der Straße? ... Er muß mein Schicksal ahnen und ein ähnliches erlebt haben wie ich; nur so erkläre ich mir jenen Blick, der mir unvergeßlich bleiben wird ... Er ist schön und jung. –

Nun ..., da ich wieder hier vor meinem Schreibtisch sitze und das Konterfei der Teuren, die mein Weib, mein Alles, mein Glück, meine Welt war, von welken Blumen umrahmt, vor mir steht ..., kehrt mir die Besinnung langsam wieder. Tage, wie die letzterlebten, rauben doch wahrlich jegliches klare Urteil... Ich habe heute Großes vor...; das erste Mal wieder seit einem Monat will ich den Bücherschrank aufsperren, will wieder versuchen zu lesen, zu sichten, zu denken...

Nichts von alledem habe ich getan. Ich mußte wieder hin... am späten Abend... Einsam der Friedhof. Niemand weit und breit... Das erstemal heute bin ich niedergesunken und habe die Erde geküßt, unter der sie ruht. Und habe dann geweint, ja, geweint... Es war so still... die Luft kalt und ruhig. Ich bin dann aufgestanden und durch die Gräberreihen gegangen, der Kirchhofstüre zu. Und es blieb vollkommen einsam; so scharf blickte der Mond über die Kreuze und Denkmäler, daß ich jeden hätte sehen müssen. Eine Frau sah ich auch im Weggehen, mit dem schwarzen flatternden Schleier und dem Taschentuch... ich kenne sie schon so genau, diese Frauen. Und die breite Straße, die der Stadt zuführt, lag weiß im Lichte des Mondes da. Ich hörte immer meine Schritte; niemand kam hinter mir; lange blieb ich ganz einsam da, bis die ersten Vorstadthäuser kamen und die ersten Wirtsstuben. Da gab es auf einmal wieder Menschenstimmen und Tritte und Lärm. Mir aber tat es ganz wohl, und jetzt, da ich nach meiner Abwanderung zu Hause angelangt bin, habe ich ein seltsames, seit lange nicht gehegtes Verlangen empfunden, mein Fenster aufzumachen, wieder Menschenstimmen und Straßenlärm zu hören. Aber die Nacht ist weitergeschritten, und es wird stille unten... Auch frieren mich die Finger, während ich dieses niederschreibe, weil es kalt zu werden beginnt; und das Licht zittert trotz der unbewegten Luft...

Ich stand da, hart an der Friedhofsmauer, und die hohe Weide verbarg mich seinen Blicken. Frühmorgens war ich gekommen – der Allererste. Im Häuschen des Totengräbers brannte sogar noch ein Licht. Bald nach mir aber erschienen andere, Frauen zumeist... Endlich er... Ruhig schritt er dem Platze zu, wo er gewöhnlich weilt... Immer dieselben großen, klagenden Augen... Und er kniete nieder... Ich schaute hin, scharf hin... Er kniete auf dem Grabe meiner Gattin... Ich aber stand da, atemlos, hatte meine Finger in den Weidenästen. Das dauerte minutenlang... Er kniete, er betete nicht... Er weinte auch nicht... Nun erhob er sich wieder... wandelte, wie er's gewöhnlich zu tun pflegt, die Wege kreuz und quer. Nach einiger Zeit kam er wieder in meine Nähe... Ich hatte mich dem Grabe meiner Gattin genähert und stand da, gestützt auf das Gitterwerk eines benachbarten Grabmals... Er schritt an mir vorüber, sah mich gelassen an... Ich wollte ihn anrufen, ich habe es nicht getan... Ich habe gesehen, wie er sich dem Ausgang des Kirchhofes näherte, und bin noch immer dagestanden... Ich weiß nicht, wie mir war... Ich weiß auch nicht, wie mir jetzt ist... Aber es kommt ein Tag, morgen... morgen schon, wo ich ihn wieder sehen, wo ich ihn fragen, wo ich alles wissen werde...

Welch eine Nacht ist das! Ich kann nicht schlafen! ... Es ist kaum Mitternacht vorüber... Ich will doch jetzt hin..., was soll ich hier, in meiner Wohnung tun... Ein paar Stunden nur, und die Tollheit ist wieder vorüber... Wie klar wird alles sein... Aber bis dahin! ... Nun, es sind ja nur Stunden...

Ja, ja! Auf dem Grabe meiner Gattin! Wieder habe ich ihn dort knien gesehen; ich bin nur zehn Schritte von ihm gestanden... Und warum bin ich nicht gleich auf ihn gestürzt? Warum habe ich ihn nicht aufstehen, ein paar Schritte unbehindert weitergehen lassen. Wie? Habe ich das Recht nicht, ihn zu fragen, wer er ist? ... Wen kann ich fragen als ihn? ... Er hörte aber meine Schritte hinter den seinen, als er dem Tore zuschritt... Und ich irre mich nicht, er hat seinen Gang beschleunigt. Aber ich bin ihm nach... und das merkte er... Wie er aus dem Tore hinausgetreten war, entschwand er mir natürlich für zwei Augenblicke... Ich aber ihm nach... Da raste ein Wagen davon... der einzige rings im Umkreis... Ich dem Wagen nach... Ich konnte ihn nicht erreichen... Ich sah ihn noch minutenlang, denn die Straße ist lang und gerade – endlich war er aus meinen Augen... Und da stand ich... so wie ich jetzt vor diesem Blatt Papier sitze... dem Wahnsinn nahe... Wer ist dieser Mann, der es wagt, auf dem Grabe meiner Gattin zu knien? ... Was war er ihr? ... Wie erfahre ich's? Wo finde ich ihn wieder? Plötzlich verzerrt sich mir die ganze Vergangenheit... Bin ich denn toll? ... Hat sie mich denn nicht geliebt? ... Ist sie nicht hier hinter meinem Sessel hundertmal gewesen, hat ihre Lippen auf meinen Kopf gepreßt und mit den Händen meinen Hals umschlungen? ... Waren wir nicht glücklich? ... Wer aber ist dieser blonde, schöne, junge Mann? ... Warum ist mir sein Gesicht so bekannt erschienen? ... Ist mir's jetzt nicht, als hätte ich ihn zu wiederholten Malen, wenn ich mit ihr im Theater war oder in einem Konzert, uns gegenüber gesehen, den Blick unverwandt auf sie gerichtet? War es nicht er, der einmal, als ich mit ihr spazierenfuhr, dem Wagen so lange nachgeschaut? ... Wer war er? Wer? Wer? Ein Schwärmer vielleicht, den sie nicht einmal gekannt ..., den sie nicht einmal eines Blickes gewürdigt ... Auch ich hätte ihn ja kennen müssen ... Er hätte doch einmal in irgendeiner Gesellschaft sich uns zu nähern versucht ... Nein ... er hat mich vielleicht vermieden ... Er hat meine Frau gekannt, ohne mich zu kennen ... Er hat sie auf der Straße verfolgt ..., er hat es gewagt, mit ihr zu sprechen ... Nein! Sie hätte es mir erzählt! ... Erzählt! ... Wenn sie ihn liebte? ... Ach, sie liebte ja mich ... Mich? ... Woher weiß ich das? Weil sie mir's gesagt hat? ... Sagen sie's nicht alle, und die Falschesten öfter als die Besten? ... Oh, ich werde ihn finden ... ich werde ihn finden ... und fragen ... Und er ... selbst wenn er von ihr geliebt wurde, was wird er antworten? ... Ich bin zu ihrem Grabe hinausgewandert, weil ich sie liebte ..., sie aber hat nie etwas davon erfahren ... Kann ich denn die Wahrheit aus ihm herauszwingen? ... Ja ... was also soll ich tun? ... Weiterleben? ... So weiterleben? ...

Seit drei Tagen habe ich ihn nicht wiedergesehen. Ich bin all die Zeit draußen gewesen, er erschien nicht mehr. Die Totengräber wissen nicht, wer er ist ... Die nächsten Tage will ich straßauf, straßab rennen, ich muß ihn finden ... Er ist vielleicht abgereist ... Einmal muß er wiederkommen ... Er muß wiederkommen? ... Und wenn er tot ist ...? Wenn er nicht leben kann ohne sie? ... Oh, es wird humoristisch! Noch einer, der ohne sie nicht leben kann ... Ich hätte nur die eine Sehnsucht, ihm zu sagen ... Mein Verehrter! Betrüben Sie sich nicht allzu tief. Sie hat jedenfalls auch mich geliebt ... Ja, eifersüchtig möchte ich ihn machen ... Ihr Bild habe ich von meinem Schreibtisch heruntergeschleudert, da liegt es, mitten im Zimmer ... Und da, mitten im Zimmer, auch ihre Briefe, die Briefe, die sie in ihren Schränken und Pulten aufbewahrt hat ... Denn ich habe alles aufgerissen und durchstöbert ... Was habe ich gefunden? ... Briefe von mir, Blumen von mir, Bänder, Schleifen ... vielleicht auch eine Blume von ihm ... wie soll man das der Blume ansehen? ... Was habe ich denn finden wollen? ... Bewahrt denn eine Frau etwas auf, was sie verraten könnte? ... Ich habe auch in ihren Kleidern, die noch dahängen, herumgesucht ...; ein kleines Briefchen, ein Zettel, den man in die Hand drückt, ist leicht vergessen ... Sie aber hat nichts vergessen ...

Ich bin nicht mehr auf dem Friedhofe gewesen. Mich schaudert davor, das Grab wiederzusehen ... Es kommen ruhigere Minuten ... Nachdem die ersten Tage vorübergegangen sind, ohne daß ich wahnsinnig geworden, muß ich mich dareinfinden, nie die Wahrheit erfahren zu können ... Wie beneide ich jene Betrogenen, die über ihr Unglück klar geworden sind! Wie beneide ich selbst das Los derjenigen, welche ein Verdacht quält und die weiter wachen, weiter spionieren dürfen, die den glückseligen Augenblick erwarten, in dem die Ungetreue sich durch einen Blick, ein Wort verraten wird ... Ich aber bin ein Verdammter für ewige Zeit; denn das Grab gibt keine Antwort ... Und manchmal fahre ich des Nachts aus meinen wüsten Träumen auf, von dem Gedanken gequält, daß ich vielleicht das Andenken einer Unschuldigen entweihe... Wie gern möchte ich sie weiter lieben, das Weib, das mich so selig gemacht hat... Wie gern möchte ich sie hassen können, die Erbärmliche, die mich betrogen und beschimpft... Vor mir, hier auf dem Schreibtische, steht wieder ihr Bild, denn ich habe es vom Boden aufgehoben und lasse es an seinem früheren Platze stehen. Wenn ich dich anbeten dürfte, hinstürzen vor dieses Bild, wie vor das einer Heiligen und weinen! Wenn ich dich verachten dürfte, dieses Bild zertreten unter meinen Füßen!...

Abende, nächtelang starre ich in diese stummen, lächelnden, rätselhaften Augen...

# Fräulein Else

*»Du willst wirklich nicht mehr weiterspielen, Else?«* – »Nein, Paul, ich kann nicht mehr. Adieu. – Auf Wiedersehen, gnädige Frau.« – *»Aber Else, sagen Sie mir doch: Frau Cissy. – Oder lieber noch: Cissy, ganz einfach.«* – »Auf Wiedersehen, Frau Cissy.« – *»Aber warum gehen Sie denn schon, Else? Es sind noch volle zwei Stunden bis zum Dinner.«* – »Spielen Sie nur Ihr Single mit Paul, Frau Cissy, mit mir ist's doch heut' wahrhaftig kein Vergnügen.« – *»Lassen Sie sie, gnädige Frau, sie hat heut' ihren ungnädigen Tag. – Steht dir übrigens ausgezeichnet zu Gesicht, das Ungnädigsein, Else. – Und der rote Sweater noch besser.«* – »Bei Blau wirst du hoffentlich mehr Gnade finden, Paul. Adieu.«

Das war ein ganz guter Abgang. Hoffentlich glauben die Zwei nicht, daß ich eifersüchtig bin. – Daß sie was miteinander haben, Cousin Paul und Cissy Mohr, darauf schwör' ich. Nichts auf der

Welt ist mir gleichgültiger. – Nun wende ich mich noch einmal um und winke ihnen zu. Winke und lächle. Sehe ich nun gnädig aus? – Ach Gott, sie spielen schon wieder. Eigentlich spiele ich besser als Cissy Mohr; und Paul ist auch nicht gerade ein Matador. Aber gut sieht er aus – mit dem offenen Kragen und dem Bösen-Jungen-Gesicht. Wenn er nur weniger affektiert wäre. Brauchst keine Angst zu haben, Tante Emma...

Was für ein wundervoller Abend! Heut' wär' das richtige Wetter gewesen für die Tour auf die Rosetta-Hütte. Wie herrlich der Cimone in den Himmel ragt! – Um fünf Uhr früh wär' man aufgebrochen. Anfangs wär' mir natürlich übel gewesen, wie gewöhnlich. Aber das verliert sich. – Nichts köstlicher als das Wandern im Morgengrauen. – Der einäugige Amerikaner auf der Rosetta hat ausgesehen wie ein Boxkämpfer. Vielleicht hat ihm beim Boxen wer das Aug' ausgeschlagen. Nach Amerika würd' ich ganz gern heiraten, aber keinen Amerikaner. Oder ich heirat' einen Amerikaner und wir leben in Europa. Villa an der Riviera. Marmorstufen ins Meer. Ich liege nackt auf dem Marmor. – Wie lang ist's her, daß wir in Mentone waren? Sieben oder acht Jahre. Ich war dreizehn oder vierzehn. Ach ja, damals waren wir noch in besseren Verhältnissen. – Es war eigentlich ein Unsinn, die Partie aufzuschieben. Jetzt wären wir jedenfalls schon zurück. – Um vier, wie ich zum Tennis gegangen bin, war der telegraphisch angekündigte Expreßbrief von Mama noch nicht da. Wer weiß, ob jetzt. Ich hätt' noch ganz gut ein Set spielen können. – Warum grüßen mich diese zwei jungen Leute? Ich kenn' sie gar nicht. Seit gestern wohnen sie im Hotel, sitzen beim Essen links am Fenster, wo früher die Holländer gesessen sind. Hab' ich ungnädig gedankt? Oder gar hochmütig? Ich bin's ja gar nicht. Wie sagte Fred auf dem Weg vom ›Coriolan‹ nach Hause? Frohgemut. Nein, hochgemut. Hochgemut sind Sie, nicht hochmütig, Else. – Ein schönes Wort. Er findet immer schöne Worte. – Warum geh' ich so langsam? Fürcht' ich mich am Ende vor Mamas Brief? Nun, Angenehmes wird er wohl nicht enthalten. Expreß! Vielleicht muß ich wieder zurückfahren. O weh. Was für ein Leben – trotz rotem Seidensweater und Seidenstrümpfen. Drei Paar! Die arme Verwandte, von der reichen Tante eingeladen. Sicher bereut sie's schon. Soll ich's dir schriftlich geben, teuere Tante, daß ich an Paul nicht im Traum denke? Ach, an niemanden denke ich. Ich bin nicht verliebt. In niemanden. Und war noch nie verliebt. Auch in Albert bin ich's nicht gewesen, obwohl ich es mir acht Tage lang eingebildet habe. Ich glaube, ich kann mich nicht verlieben. Eigentlich merkwürdig. Denn sinnlich bin ich gewiß. Aber auch hochgemut und ungnädig, Gott sei Dank. Mit dreizehn war ich vielleicht das einzige Mal wirklich verliebt. In den van Dyck – oder vielmehr in den Abbé Des Grieux, und in die Renard auch. Und wie ich sechzehn war, am Wörthersee. – Ach nein, das war nichts. Wozu nachdenken, ich schreibe ja keine Memoiren. Nicht einmal ein Tagebuch wie die Bertha. Fred ist mir sympathisch, nicht mehr. Vielleicht, wenn er eleganter wäre. Ich bin ja doch ein Snob. Der Papa findet's auch und lacht mich aus. Ach, lieber Papa, du machst mir viel Sorgen. Ob er die Mama einmal betrogen hat? Sicher. Öfters. Mama ist ziemlich dumm. Von mir hat sie keine Ahnung. Andere Menschen auch nicht. Fred? – Aber eben nur eine Ahnung. – Himmlischer Abend. Wie festlich das Hotel aussieht. Man spürt: Lauter Leute, denen es gut geht und die keine Sorgen haben. Ich zum Beispiel. Haha! Schad'. Ich wär' zu einem sorgenlosen Leben geboren. Es könnt' so schön sein. Schad'. – Auf dem Cimone liegt ein roter Glanz.

Paul würde sagen: Alpenglühen. Das ist noch lang' kein Alpenglühen. Es ist zum Weinen schön. Ach, warum muß man wieder zurück in die Stadt!

»*Guten Abend, Fräulein Else.*« – »Küss' die Hand gnädige Frau.« – »*Vom Tennis?*« – Sie sieht's doch, warum fragt sie? »Ja, gnädige Frau. Beinah drei Stunden lang haben wir gespielt. – Und gnädige Frau machen noch einen Spaziergang?« – »*Ja, meinen gewohnten Abendspaziergang. Den Rolleweg. Der geht so schön zwischen den Wiesen, bei Tag ist er beinahe zu sonnig.*« – »Ja, die Wiesen hier sind herrlich. Besonders im Mondenschein von meinem Fenster aus.« –

»*Guten Abend, Fräulein Else. – Küss' die Hand, gnädige Frau.*« – »Guten Abend, Herr von Dorsday.« – »*Vom Tennis, Fräulein Else?*« – »Was für ein Scharfblick, Herr von Dorsday.« – »*Spotten Sie nicht, Else.*« – Warum sagt er nicht ›Fräulein Else‹? – »*Wenn man mit dem Rakett so gut ausschaut, darf man es gewissermaßen auch als Schmuck tragen.*« – Esel, darauf antworte ich gar nicht. »Den ganzen Nachmittag haben wir gespielt. Wir waren leider nur drei. Paul, Frau Mohr und ich.« – »*Ich war früher ein enragierter Tennisspieler.*« – »Und jetzt nicht mehr?« – »*Jetzt bin ich zu alt dazu.*« – »Ach, alt, in Marienlyst, da war ein fünfundsechzigjähriger Schwede, der spielte jeden Abend von sechs bis acht Uhr. Und im Jahr vorher hat er sogar noch bei einem Turnier mitgespielt.« – »*Nun, fünfundsechzig bin ich Gott sei Dank noch nicht, aber leider auch kein Schwede.*« – Warum leider? Das hält er wohl für einen Witz. Das Beste, ich lächle höflich und gehe. »Küss' die Hand, gnädige Frau. Adieu, Herr von Dorsday.« Wie tief er sich verbeugt und was für Augen er macht. Kalbsaugen. Hab ich ihn am Ende verletzt mit dem fünfundsechzigjährigen Schweden? Schad't auch nichts. Frau Winawer muß eine unglückliche Frau sein. Gewiß schon nah an fünfzig. Diese Tränensäcke, – als wenn sie viel geweint hätte. Ach wie furchtbar, so alt zu sein. Herr von Dorsday nimmt sich ihrer an. Da geht er an ihrer Seite. Er sieht noch immer ganz gut aus mit dem graumelierten Spitzbart. Aber sympathisch ist er nicht. Schraubt sich künstlich hinauf. Was hilft Ihnen Ihr erster Schneider, Herr von Dorsday? Dorsday! Sie haben sicher einmal anders geheißen. – Da kommt das süße kleine Mädel von Cissy mit ihrem Fräulein. – »Grüß dich Gott, Fritzi. Bon soir, Mademoiselle. Vous allez bien?« – »*Merci, Mademoiselle. Et vous?*« – »Was seh' ich, Fritzi, du hast ja einen Bergstock.

Willst du am End' den Cimone besteigen?« – »*Aber nein, so hoch hinauf darf ich noch nicht.*« – »Im nächsten Jahr wirst du es schon dürfen. Pah, Fritzi. A bientôt, Mademoiselle.« – »*Bon soir, Mademoiselle.*«

Eine hübsche Person. Warum ist sie eigentlich Bonne? Noch dazu bei Cissy. Ein bitteres Los. Ach Gott, kann mir auch noch blühen. Nein, ich wüßte mir jedenfalls was Besseres. Besseres? – Köstlicher Abend. ›Die Luft ist wie Champagner‹, sagte gestern Doktor Waldberg. Vorgestern hat es auch einer gesagt. – Warum die Leute bei dem wundervollen Wetter in der Halle sitzen? Unbegreiflich. Oder wartet jeder auf einen Expreßbrief? Der Portier hat mich schon gesehen; – wenn ein Expreßbrief für mich da wäre, hätte er mir ihn sofort hergebracht. Also keiner da. Gott sei Dank. Ich werde mich noch ein bißl hinlegen vor dem Diner. Warum sagt Cissy ›Dinner‹? Dumme Affektation. Passen zusammen, Cissy und Paul. – Ach, wär der Brief lieber schon da. Am Ende kommt er während des ›Dinner‹. Und wenn er nicht kommt, hab' ich eine unruhige Nacht. Auch die vorige Nacht hab' ich so miserabel geschlafen. Freilich, es sind gerade diese Tage. Drum hab' ich auch das Ziehen in den Beinen.

Dritter September ist heute. Also wahrscheinlich am sechsten. Ich werde heute Veronal nehmen. O, ich werde mich nicht daran gewöhnen. Nein, lieber Fred, du mußt nicht besorgt sein. In Gedanken bin ich immer per Du mit ihm. – Versuchen sollte man alles, – auch Haschisch. Der Marinefähnrich Brandel hat sich aus China, glaub' ich, Haschisch mitgebracht. Trinkt man oder raucht man Haschisch? Man soll prachtvolle Visionen haben. Brandel hat mich eingeladen, mit ihm Haschisch zu trinken oder – zu rauchen. Frecher Kerl. Aber hübsch. –

*»Bitte sehr, Fräulein, ein Brief.«* – Der Portier! Also doch! – Ich wende mich ganz unbefangen um. Es könnte auch ein Brief von der Karoline sein oder von der Bertha oder von Fred oder Miß Jackson? »Danke schön.« Doch von Mama, Expreß. Warum sagt er nicht gleich: ein Expreßbrief? »Oh, ein Expreß!« Ich mach' ihn erst auf dem Zimmer auf und les' ihn in aller Ruhe. – Die Marchesa. Wie jung sie im Halbdunkel aussieht. Sicher fünfundvierzig. Wo werd' ich mit fünfundvierzig sein? Vielleicht schon tot. Hoffentlich. Sie lächelt mich so nett an, wie immer. Ich lasse sie vorbei, nicke ein wenig, – nicht als wenn ich mir eine besondere Ehre daraus machte, daß mich

eine Marchesa anlächelt. – »*Buona sera.*« – Sie sagt mir buona sera. Jetzt muß ich mich doch wenigstens verneigen. War das zu tief? Sie ist ja um so viel älter. Was für einen herrlichen Gang sie hat. Ist sie geschieden? Mein Gang ist auch schön. Aber – ich weiß es. Ja, das ist der Unterschied. – Ein Italiener könnte mir gefährlich werden. Schade, daß der schöne Schwarze mit dem Römerkopf schon wieder fort ist. ›Er sieht aus wie ein Filou‹, sagte Paul. Ach Gott, ich hab' nichts gegen Filous, im Gegenteil. – So, da wär' ich. Nummer siebenundsiebzig. Eigentlich eine Glücksnummer. Hübsches Zimmer. Zirbelholz. Dort steht mein jungfräuliches Bett. – Nun ist es richtig ein Alpenglühen geworden. Aber Paul gegenüber werde ich es abstreiten. Eigentlich ist Paul schüchtern. Ein Arzt, ein Frauenarzt! Vielleicht gerade deshalb. Vorgestern im Wald, wie wir so weit voraus waren, hätt' er schon etwas unternehmender sein dürfen. Aber dann wäre es ihm übel ergangen. Wirklich unternehmend war eigentlich mir gegenüber noch niemand. Höchstens am Wörthersee vor drei Jahren im Bad. Unternehmend? Nein, unanständig war er ganz einfach. Aber schön. Apoll vom Belvedere. Ich hab' es ja eigentlich nicht ganz verstanden damals. Nun ja mit – sechzehn Jahren. Meine himmlische Wiese! Meine –! Wenn man sich die nach Wien mitnehmen könnte. Zarte Nebel. Herbst? Nun ja, dritter September, Hochgebirge.

Nun, Fräulein Else, möchten Sie sich nicht doch entschließen, den Brief zu lesen? Er muß sich ja gar nicht auf den Papa beziehen. Könnte es nicht auch etwas mit meinem Bruder sein? Vielleicht hat er sich verlobt mit einer seiner Flammen? Mit einer Choristin oder einem Handschuhmädel. Ach nein, dazu ist er wohl doch zu gescheit. Eigentlich weiß ich ja nicht viel von ihm. Wie ich sechzehn war und er einundzwanzig, da waren wir eine Zeitlang geradezu befreundet. Von einer gewissen Lotte hat er mir viel erzählt. Dann hat er plötzlich aufgehört. Diese Lotte muß ihm irgend etwas angetan haben. Und seitdem erzählt er mir nichts mehr. – Nun ist er offen, der Brief, und ich hab' gar nicht bemerkt, daß ich ihn aufgemacht habe. Ich setze mich aufs Fensterbrett und lese ihn. Achtgeben, daß ich nicht hinunterstürze. Wie uns aus San Martino gemeldet wird, hat sich dort im Hotel Fratazza ein beklagenswerter Unfall ereignet. Fräulein Else T., ein neunzehnjähriges bildschönes Mädchen, Tochter des bekannten Advokaten... Natürlich würde es heißen, ich hätte mich umgebracht aus unglücklicher Liebe oder weil ich in der Hoffnung war. Unglückliche Liebe, ah nein.

›Mein liebes Kind‹ – Ich will mir vor allem den Schluß anschaun. – ›Also nochmals, sei uns nicht böse, mein liebes gutes Kind und sei tausendmal‹ – Um Gottes willen, sie werden sich doch nicht umgebracht haben! Nein, – in dem Fall wär' ein Telegramm von Rudi da. – ›Mein liebes Kind, du kannst mir glauben, wie leid es mir tut, daß ich dir in deine schönen Ferialwochen‹ – Als wenn ich nicht immer Ferien hätt', leider – ›mit einer so unangenehmen Nachricht hineinplatze.‹ – Einen furchtbaren Stil schreibt Mama. – ›Aber nach reiflicher Überlegung bleibt mir wirklich nichts anderes übrig. Also, kurz und gut, die Sache mit Papa ist akut geworden. Ich weiß mir nicht zu raten, noch zu helfen.‹ – Wozu die vielen Worte? – ›Es handelt sich um eine verhältnismäßig lächerliche Summe – dreißigtausend Gulden‹, lächerlich? – ›die in drei Tagen herbeigeschafft sein müssen, sonst ist alles verloren.‹ Um Gottes willen, was heißt das? – ›Denk dir, mein geliebtes Kind, daß der Baron Höning‹, – wie, der Staatsanwalt? – ›sich heut früh den Papa hat kommen lassen. Du weißt ja, wie der Baron den Papa hochschätzt, ja geradezu liebt. Vor anderthalb Jahren, damals, wie es auch an einem Haar gehangen hat, hat er persönlich mit den Hauptgläubigern gesprochen und die Sache noch im letzten Moment in Ordnung gebracht. Aber diesmal ist absolut nichts zu machen, wenn das Geld nicht beschafft wird. Und abgesehen davon, daß wir alle ruiniert sind, wird es ein Skandal, wie er noch nicht da war. Denk' dir, ein Advokat, ein berühmter Advokat, – der, – nein, ich kann es gar nicht niederschreiben. Ich kämpfe immer mit den Tränen. Du weißt ja, Kind, du bist ja klug, wir waren ja, Gott sei's geklagt, schon ein paar Mal in einer ähnlichen Situation und die Familie hat immer herausgeholfen. Zuletzt hat es sich gar um hundertzwanzigtausend gehandelt. Aber damals hat der Papa einen Revers unterschreiben müssen, daß er niemals wieder an die Verwandten, speziell an den Onkel Bernhard, herantreten wird.‹ – Na weiter, weiter, wo will denn das hin? Was kann denn ich dabei tun? – ›Der Einzige, an den man eventuell noch denken könnte, wäre der Onkel Viktor, der befindet sich aber unglücklicherweise auf einer Reise zum Nordkap oder nach Schottland‹ – Ja, der hat's gut, der ekelhafte Kerl – ›und ist absolut unerreichbar, wenigstens für den Moment. An die

Kollegen, speziell Dr. Sch., der Papa schon öfter ausgeholfen hat‹ – Herrgott, wie stehn wir da –, ›ist nicht mehr zu denken, seit er sich wieder verheiratet hat.‹ – Also was denn, was denn, was wollt ihr denn von mir? – ›Und da ist nun dein Brief gekommen, mein liebes Kind, wo du unter andern Dorsday erwähnst, der sich auch in Fratazza aufhält, und das ist uns wie ein Schicksalswink erschienen. Du weißt ja, wie oft Dorsday in früheren Jahren zu uns gekommen ist‹ – na, gar so oft –, ›es ist der reine Zufall, daß er sich seit zwei, drei Jahren seltener blicken läßt; er soll in ziemlich festen Banden sein – unter uns, nichts sehr Feines.‹ – Warum ›unter uns?‹ – ›Im Residenzklub hat Papa jeden Donnerstag noch immer seine Whistpartie mit ihm, und im verflossenen Winter hat er ihm im Prozeß gegen einen andern Kunsthändler ein hübsches Stück Geld gerettet. Im übrigen, warum sollst du es nicht wissen, er ist schon früher einmal dem Papa beigesprungen.‹ – Hab' ich mir gedacht. – ›Es hat sich damals um eine Bagatelle gehandelt, achttausend Gulden, – aber schließlich – dreißig bedeuten für Dorsday auch keinen Betrag. Darum hab' ich mir gedacht, ob du uns nicht die Liebe erweisen und mit Dorsday reden könntest.‹ – Was? – ›Dich hat er ja immer besonders gern gehabt.‹ – Hab' nichts davon gemerkt. Die Wange hat er mir gestreichelt, wie ich zwölf oder dreizehn Jahre alt war. ›Schon ein ganzes Fräulein.‹ – ›Und da Papa seit den achttausend glücklicherweise nicht mehr an ihn herangetreten ist, so wird er ihm diesen Liebesdienst nicht verweigern. Neulich soll er an einem Rubens, den er nach Amerika verkauft hat, allein achtzigtausend verdient haben. Das darfst du selbstverständlich nicht erwähnen.‹ – Hältst du mich für eine Gans, Mama? – ›Aber im übrigen kannst du ganz aufrichtig zu ihm reden. Auch, daß der Baron Höning sich den Papa hat kommen lassen, kannst du erwähnen, wenn es sich so ergeben sollte. Und daß mit den dreißigtausend tatsächlich das Schlimmste abgewendet ist, nicht nur für den Moment, sondern, so Gott will, für immer.‹ – Glaubst du wirklich, Mama? – ›Denn der Prozeß Erbesheimer, der glänzend steht, trägt dem Papa sicher hunderttausend, aber selbstverständlich kann er gerade in diesem Stadium von den Erbesheimers nichts verlangen. Also, ich bitte dich, Kind, sprich mit Dorsday. Ich versichere dich, es ist nichts dabei. Papa hätte ihm ja einfach telegraphieren können, wir haben es ernstlich überlegt, aber es ist doch etwas ganz anderes, Kind, wenn man mit einem Menschen persönlich spricht. Am sechsten um zwölf muß das Geld da sein, Doktor F.‹ – Wer ist Doktor F.? Ach ja, Fiala. – ›ist unerbittlich. Natürlich ist da auch persönliche Rancune dabei. Aber da es sich unglücklicherweise um Mündelgelder handelt‹ – Um Gottes willen! Papa, was hast du getan? –, ›kann man nichts machen. Und wenn das Geld am fünften um zwölf Uhr mittags nicht in Fialas Händen ist, wird der Haftbefehl erlassen, vielmehr so lange hält der Baron Höning ihn noch zurück. Also Dorsday müßte die Summe telegraphisch durch seine Bank an Doktor F. überweisen lassen. Dann sind wir gerettet. Im andern Fall weiß Gott, was geschieht. Glaub' mir, du vergibst dir nicht das Geringste, mein geliebtes Kind. Papa hatte ja anfangs Bedenken gehabt. Er hat sogar noch Versuche gemacht auf zwei verschiedenen Seiten. Aber er ist ganz verzweifelt nach Hause gekommen.‹ – Kann Papa überhaupt verzweifelt sein? – ›Vielleicht nicht einmal so sehr wegen des Geldes, als darum, weil die Leute sich so schändlich gegen ihn benehmen. Der eine von ihnen war einmal Papas bester Freund. Du kannst dir denken, wen ich meine.‹ – Ich kann mir gar nichts denken. Papa hat so viel beste Freunde gehabt und in

Wirklichkeit keinen. Warnsdorf vielleicht? – ›Um ein Uhr ist Papa nach Hause gekommen, und jetzt ist es vier Uhr früh. Jetzt schläft er endlich, Gott sei Dank.‹ – Wenn er lieber nicht aufwachte, das wär' das beste für ihn. – ›Ich gebe den Brief in aller früh selbst auf die Post, expreß, da mußt du ihn vormittags am dritten haben.‹ – Wie hat sich Mama das vorgestellt? Sie kennt sich doch in diesen Dingen nie aus. – ›Also sprich sofort mit Dorsday, ich beschwöre dich und telegraphiere sofort, wie es ausgefallen ist. Vor Tante Emma laß dir um Gottes willen nichts merken, es ist ja traurig genug, daß man sich in einem solchen Fall an die eigene Schwester nicht wenden kann, aber da könnte man ja ebensogut zu einem Stein reden. Mein liebes, liebes Kind, mir tut es ja so leid, daß du in deinen jungen Jahren solche Dinge mitmachen mußt, aber glaub' mir, der Papa ist zum geringsten Teil selber daran schuld.‹ – Wer denn, Mama? – ›Nun, hoffen wir zu Gott, daß der Prozeß Erbesheimer in jeder Hinsicht einen Abschnitt in unserer Existenz bedeutet. Nur über diese paar Wochen müssen wir hinaus sein. Es wäre doch ein wahrer Hohn, wenn wegen der dreißigtausend Gulden ein Unglück geschähe?‹ – Sie meint doch nicht im Ernst, daß Papa sich selber ... Aber wäre

– das andere nicht noch schlimmer? – ›Nun schließe ich, mein Kind, ich hoffe, du wirst unter allen Umständen‹ – Unter allen Umständen? – ›noch über die Feiertage, wenigstens bis neunten oder zehnten in San Martino bleiben können. Unseretwegen mußt du keineswegs zurück. Grüße die Tante, sei nur weiter nett mit ihr. Also nochmals, sei uns nicht böse, mein liebes gutes Kind, und sei tausendmal‹ – ja, daß weiß ich schon.

Also, ich soll Herrn Dorsday anpumpen ... Irrsinnig. Wie stellt sich Mama das vor? Warum hat sich Papa nicht einfach auf die Bahn gesetzt und ist hergefahren? – Wär grad' so geschwind gegangen wie der Expreßbrief. Aber vielleicht hätten sie ihn auf dem Bahnhof wegen Fluchtverdacht –– Furchtbar, furchtbar! Auch mit den dreißigtausend wird uns ja nicht geholfen sein. Immer diese Geschichten! Seit sieben Jahren! Nein – länger. Wer möcht' mir das ansehen? Niemand sieht mir was an, auch dem Papa nicht. Und doch wissen es alle Leute. Rätselhaft, daß wir uns immer noch halten. Wie man alles gewöhnt! Dabei leben wir eigentlich ganz gut. Mama ist wirklich eine Künstlerin. Das Souper am letzten Neujahrstag für vierzehn Personen – unbegreiflich. Aber dafür meine zwei Paar Ballhandschuhe, die waren eine Affäre. Und wie der Rudi neulich dreihundert Gulden gebraucht hat, da hat die Mama beinah' geweint. Und der Papa ist dabei immer gut aufgelegt. Immer? Nein. O nein. In der Oper neulich bei Figaro sein Blick, – plötzlich ganz leer – ich bin erschrocken. Da war er wie ein ganz anderer Mensch. Aber dann haben wir im Grand Hotel soupiert und er war so glänzend aufgelegt wie nur je. Und da halte ich den Brief in der Hand. Der Brief ist ja irrsinnig. Ich soll mit Dorsday sprechen? Zu Tod' würde ich mich schämen. –– Schämen, ich mich? Warum? Ich bin ja nicht schuld. – Wenn ich doch mit Tante Emma spräche? Unsinn. Sie hat wahrscheinlich gar nicht so viel Geld zur Verfügung. Der Onkel ist ja ein Geizkragen. Ach Gott, warum habe ich kein Geld? Warum hab' ich mir noch nichts verdient? Warum habe ich nichts gelernt? Oh, ich habe was gelernt! Wer darf sagen, daß ich nichts gelernt habe? Ich spiele Klavier, ich kann Französisch, Englisch, auch ein bißl Italienisch, habe kunstgeschichtliche Vorlesungen besucht – Haha! Und wenn ich schon was Gescheiteres gelernt hätte, was hülfe es mir? Dreißigtausend Gulden hätte ich mir keineswegs erspart. ––

Aus ist es mit dem Alpenglühen. Der Abend ist nicht mehr wunderbar. Traurig ist die Gegend. Nein, nicht die Gegend, aber das Leben ist traurig. Und ich sitz' da ruhig auf dem Fensterbrett. Und der Papa soll eingesperrt werden. Nein. Nie und nimmer. Es darf nicht sein. Ich werde ihn retten. Ja, Papa, ich werde dich retten. Es ist ja ganz einfach. Ein paar Worte ganz nonchalant, das ist ja mein Fall, ›hochgemut‹, – haha, ich werde Herrn Dorsday behandeln, als wenn es eine Ehre für ihn wäre, uns Geld zu leihen. Es ist ja auch eine. – Herr von Dorsday, haben Sie vielleicht einen Moment Zeit für mich? Ich bekomme da eben einen Brief von Mama, sie ist in augenblicklicher Verlegenheit, – vielmehr der Papa – – ›Aber selbstverständlich, mein Fräulein, mit dem größten Vergnügen. Um wieviel handelt es sich denn?‹ – Wenn er mir nur nicht so unsympathisch wäre. Auch die Art, wie er mich ansieht. Nein, Herr Dorsday, ich glaube Ihnen Ihre Eleganz nicht und nicht Ihr Monokel und nicht Ihre Noblesse. Sie könnten ebensogut mit alten Kleidern handeln wie mit alten Bildern. – Aber Else! Else, was fällt dir denn ein. – Oh, ich kann mir das erlauben. Mir sieht's niemand an. Ich bin sogar blond, rötlichblond, und Rudi sieht absolut aus wie ein Aristokrat. Bei der Mama merkt man es freilich gleich, wenigstens im Reden. Beim Papa wieder gar nicht. Übrigens sollen sie es merken. Ich verleugne es durchaus nicht und Rudi erst recht nicht. Im Gegenteil. Was täte der Rudi, wenn der Papa eingesperrt würde? Würde er sich erschießen? Aber Unsinn! Erschießen und Kriminal, all die Sachen gibt's ja gar nicht, die stehn nur in der Zeitung.

Die Luft ist wie Champagner. In einer Stunde ist das Diner, das ›Dinner‹. Ich kann die Cissy nicht leiden. Um ihr Mäderl kümmert sie sich überhaupt nicht. Was zieh' ich an? Das blaue oder das schwarze? Heut' wär vielleicht das schwarze richtiger. Zu dekolletiert? Toilette de circonstance heißt es in den französischen Romanen. Jedenfalls muß ich berückend aussehen, wenn ich mit Dorsday rede. Nach dem Dinner, nonchalant. Seine Augen werden sich in meinen Ausschnitt bohren. Widerlicher Kerl. Ich hasse ihn. Alle Menschen hasse ich. Muß es gerade Dorsday sein? Gibt es denn wirklich nur diesen Dorsday auf der Welt, der dreißigtausend Gulden hat? Wenn ich mit Paul spräche? Wenn er der Tante sagte, er hat Spielschulden, – da würde sie sich das Geld sicher verschaffen können. –

Beinah schon dunkel. Nacht, Grabesnacht. Am

liebsten möcht' ich tot sein. – Es ist ja gar nicht wahr. Wenn ich jetzt gleich hinunterginge, Dorsday noch vor dem Diner spräche? Ah, wie entsetzlich! – Paul, wenn du mir die dreißigtausend verschaffst, kannst du von mir haben, was du willst. Das ist ja schon wieder aus einem Roman. Die edle Tochter verkauft sich für den geliebten Vater, und hat am End' noch ein Vergnügen davon. Pfui Teufel! Nein, Paul, auch für dreißigtausend kannst du von mir nichts haben. Niemand. Aber für eine Million? – Für ein Palais? Für eine Perlenschnur? Wenn ich einmal heirate, werde ich es wahrscheinlich billiger tun. Ist es denn gar so schlimm? Die Fanny hat sich am Ende auch verkauft. Sie hat mir selber gesagt, daß sie sich vor ihrem Manne graust. Nun, wie wär's, Papa, wenn ich mich heute abend versteigerte? Um dich vor dem Zuchthaus zu retten. Sensation –! Ich habe Fieber, ganz gewiß. Oder bin ich schon unwohl? Nein, Fieber habe ich. Vielleicht von der Luft. Wie Champagner. – Wenn Fred hier wäre, könnte er mir raten? Ich brauche keinen Rat. Es gibt ja auch nichts zu raten. Ich werde mit Herrn Dorsday aus Eperies sprechen, werde ihn anpumpen, ich, die Hochgemute, die Aristokratin, die Marchesa, die Bettlerin, die Tochter des Defraudanten. Wie komm' ich dazu? Wie komm' ich dazu? Keine klettert so gut wie ich, keine hat so viel Schneid, – sporting girl, in England hätte ich auf die Welt kommen sollen, oder als Gräfin.

Da hängen die Kleider im Kasten! Ist das grüne Loden überhaupt schon bezahlt, Mama? Ich glaube nur eine Anzahlung. Das schwarze zieh' ich an. Sie haben mich gestern alle angestarrt. Auch der blasse kleine Herr mit dem goldenen Zwicker. Schön bin ich eigentlich nicht, aber interessant. Zur Bühne hätte ich gehen sollen. Bertha hat schon drei Liebhaber, keiner nimmt es ihr übel ... In Düsseldorf war es der Direktor. Mit einem verheirateten Manne war sie in Hamburg und hat im Atlantic gewohnt, Appartement mit Badezimmer. Ich glaub' gar, sie ist stolz darauf. Dumm sind sie alle. Ich werde hundert Geliebte haben, tausend, warum nicht? Der Ausschnitt ist nicht tief genug; wenn ich verheiratet wäre, dürfte er tiefer sein. – Gut, daß ich Sie treffe, Herr von Dorsday, ich bekomme da eben einen Brief aus Wien ... Den Brief stecke ich für alle Fälle zu mir. Soll ich dem Stubenmädchen läuten? Nein, ich mache mich allein fertig. Zu dem schwarzen Kleid brauche ich niemanden. Wäre ich reich, würde ich nie ohne Kammerjungfer reisen.

Ich muß Licht machen. Kühl wird es. Fenster zu. Vorhang herunter? – Überflüssig. Steht keiner auf dem Berg drüben mit einem Fernrohr. Schade. – Ich bekomme da eben einen Brief, Herr von Dorsday. – Nach dem Dinner wäre es doch vielleicht besser. Man ist in leichterer Stimmung. Auch Dorsday – ich könnt ja ein Glas Wein vorher trinken. Aber wenn die Sache vor dem Diner abgetan wäre, würde mir das Essen besser schmecken. Pudding à la merveille, fromage et fruits divers. Und wenn Herr von Dorsday nein sagt? – Oder wenn er gar frech wird? Ah nein, mit mir ist noch keiner frech gewesen. Das heißt, der Marineleutnant Brandl, aber es war nicht bös gemeint. – Ich bin wieder etwas schlanker geworden. Das steht mir gut. – Die Dämmerung starrt herein. Wie ein Gespenst starrt sie herein. Wie hundert Gespenster. Aus meiner Wiese herauf steigen die Gespenster. Wie weit ist Wien! Wie lange bin ich schon fort? Wie allein bin ich da! Ich habe keine Freundin, ich habe auch keinen Freund. Wo sind sie alle? Wen werd' ich heiraten? Wer heiratet die Tochter eines Defraudanten? – Eben erhalte ich einen Brief, Herr von Dorsday. – ›Aber es ist doch gar nicht der Rede wert, Fräulein Else, gestern erst habe ich einen Rembrandt verkauft, Sie beschämen mich, Fräulein Else.‹ Und jetzt reißt er ein Blatt aus seinem Scheckbuch und unterschreibt mit seiner goldenen Füllfeder; und morgen früh fahr' ich mit dem Scheck nach Wien. Jedenfalls; auch ohne Scheck. Ich bleibe nicht mehr hier. Ich könnte ja gar nicht, ich dürfte ja gar nicht. Ich lebe hier als elegante junge Dame und Papa steht mit einem Fuß im Grab – nein im Kriminal. Das vorletzte Paar Seidenstrümpfe. Den kleinen Riß grad unterm Knie merkt niemand. Niemand? Wer weiß. Nicht frivol sein, Else. – Bertha ist einfach ein Luder. Aber ist die Christine um ein Haar besser? Ihr künftiger Mann kann sich freuen. Mama war gewiß immer eine treue Gattin. Ich werde nicht treu sein. Ich bin hochgemut, aber ich werde nicht treu sein. Die Filous sind mir gefährlich. Die Marchesa hat gewiß einen Filou zum Liebhaber. Wenn Fred mich wirklich kennte, dann wäre es aus mit seiner Verehrung. – ›Aus Ihnen hätte alles Mögliche werden können, Fräulein, eine Pianistin, eine Buchhälterin, eine Schauspielerin, es stecken so viele Möglichkeiten in Ihnen. Aber es ist Ihnen immer zu gut gegangen.‹ Zu gut gegangen. Haha. Fred überschätzt mich. Ich hab' ja eigentlich zu nichts Talent. – Wer weiß? So weit wie Bertha hätte ich es auch noch gebracht. Aber mir fehlt es an Energie. Junge Dame aus guter Familie. Ha, gute Familie. Der Vater veruntreut Mündelgelder. Warum tust du mir das an, Papa? Wenn du noch etwas davon hättest! Aber an der Börse verspielt! Ist das der Mühe wert? Und die dreißigtausend werden dir auch nichts helfen. Für ein Vierteljahr vielleicht. Endlich wird er doch durchgehen müssen. Vor anderthalb Jahren war es ja fast schon soweit. Da kam noch Hilfe. Aber einmal wird sie nicht kommen – und was geschieht dann mit uns? Rudi wird nach Rotterdam gehen zu Vanderhulst in die Bank. Aber ich? Reiche Partie. Oh, wenn ich es darauf anlegte! Ich bin heute wirklich schön. Das macht wahrscheinlich die Aufregung. Für wen bin ich schön? Wäre ich froher, wenn Fred hier wäre? Ach, Fred ist im Grunde nichts für mich. Kein Filou! Aber ich nähme ihn, wenn er Geld hätte. Und dann käme ein Filou – und das Malheur wäre fertig. – Sie möchten wohl gern ein Filou sein, Herr von Dorsday? – Von weitem sehen Sie manchmal auch so aus. Wie ein verlebter Vicomte, wie ein Don Juan – mit Ihrem blöden Monocle und Ihrem weißen Flanellanzug. Aber ein Filou sind Sie noch lange nicht. – Habe ich alles? Fertig zum ›Dinner‹? – Was tue ich aber eine

Stunde lang, wenn ich Dorsday nicht treffe? Wenn er mit der unglücklichen Frau Winawer spazierengeht? Ach, sie ist gar nicht unglücklich, sie braucht keine dreißigtausend Gulden. Also ich werde mich in die Halle setzen, großartig in einen Fauteuil, schau mir die Illustrated News an und die Vie parisienne, schlage die Beine übereinander, – den Riß unter dem Knie wird man nicht sehen. Vielleicht ist gerade ein Milliardär angekommen. – Sie oder keine. – Ich nehme den weißen Schal, der steht mir gut. Ganz ungezwungen lege ich ihn um meine herrlichen Schultern. Für wen habe ich sie denn, die herrlichen Schultern? Ich könnte einen Mann sehr glücklich machen. Wäre nur der rechte Mann da. Aber Kind will ich keines haben. Ich bin nicht mütterlich. Marie Weil ist mütterlich. Mama ist mütterlich, Tante Irene ist mütterlich. Ich habe eine edle Stirn und eine schöne Figur. – ›Wenn ich Sie malen dürfte, wie ich wollte, Fräulein Else.‹ – Ja, das möchte Ihnen passen. Ich weiß nicht einmal seinen Namen mehr. Tizian hat er keineswegs geheißen, also war es eine Frechheit. – Eben erhalte ich einen Brief, Herr von Dorsday. – Noch etwas Puder auf den Nacken und Hals, einen Tropfen Verveine ins Taschentuch, Kasten zusperren, Fenster wieder auf, ah, wie wunderbar! Zum Weinen. Ich bin nervös. Ach, soll man nicht unter solchen Umständen nervös sein. Die Schachtel mit dem Veronal hab' ich bei den Hemden. Auch neue Hemden brauchte ich. Das wird wieder eine Affäre sein. Ach Gott.

Unheimlich, riesig der Cimone, als wenn er auf mich herunterfallen wollte! Noch kein Stern am Himmel. Die Luft ist wie Champagner. Und der Duft von den Wiesen! Ich werde auf dem Land leben. Einen Gutsbesitzer werde ich heiraten und Kinder werde ich haben. Doktor Froriep war vielleicht der einzige, mit dem ich glücklich geworden wäre. Wie schön waren die beiden Abende hintereinander, der erste bei Kniep, und dann der auf dem Künstlerball. Warum ist er plötzlich verschwunden – wenigstens für mich? Wegen Papa vielleicht? Wahrscheinlich. Ich möchte einen Gruß in die Luft hinausrufen, ehe ich wieder hinuntersteige unter das Gesindel. Aber zu wem soll der Gruß gehen? Ich bin ja ganz allein. Ich bin ja so furchtbar allein, wie es sich niemand vorstellen kann. Sei gegrüßt, mein Geliebter. Wer? Sei gegrüßt, mein Bräutigam! Wer? Sei gegrüßt, mein Freund! Wer? – Fred? – Aber keine Spur. So, das Fenster bleibt offen. Wenn's auch kühl wird. Licht abdrehen. So. – Ja richtig, den Brief. Ich muß ihn zu mir nehmen für alle Fälle. Das Buch aufs Nachtkastel, ich lese heut' nacht noch weiter in ›Notre Cœur‹, unbedingt, was immer geschieht. Guten Abend, schönstes Fräulein im Spiegel, behalten Sie mich in gutem Angedenken, auf Wiedersehen ...

Warum sperre ich die Tür zu? Hier wird nichts gestohlen. Ob Cissy in der Nacht ihre Türe offen läßt? Oder sperrt sie ihm erst auf, wenn er klopft? Ist es denn ganz sicher? Aber natürlich. Dann liegen sie zusammen im Bett. Unappetitlich. Ich werde kein gemeinsames Schlafzimmer haben mit meinem Mann und mit meinen tausend Geliebten. – Leer ist das ganze Stiegenhaus! Immer um diese Zeit. Meine Schritte hallen. Drei Wochen bin ich jetzt da. Am zwölften August bin ich von Gmunden abgereist. Gmunden war langweilig. Woher hat der Papa das Geld gehabt, Mama und mich aufs Land zu schicken? Und Rudi war sogar vier Wochen auf Reisen. Weiß Gott wo. Nicht zweimal hat er geschrieben in der Zeit. Nie werde ich unsere Existenz verstehen. Schmuck hat die Mama freilich keinen mehr. – Warum war Fred nur zwei Tage in Gmunden? Hat sicher auch eine Geliebte! Vorstellen kann ich es mir zwar nicht.

Ich kann mir überhaupt gar nichts vorstellen. Acht Tage sind es, daß er mir nicht geschrieben hat. Er schreibt schöne Briefe. – Wer sitzt denn dort an dem kleinen Tisch? Nein, Dorsday ist es nicht. Gott sei Dank. Jetzt vor dem Diner wäre es doch unmöglich, ihm etwas zu sagen. – Warum schaut mich der Portier so merkwürdig an? Hat er am Ende den Expreßbrief von der Mama gelesen? Mir scheint, ich bin verrückt. Ich muß ihm nächstens wieder ein Trinkgeld geben. – Die Blonde da ist auch schon zum Diner angezogen. Wie kann man so dick sein! – Ich werde noch vor's Hotel hinaus und ein bißchen auf und abgehen. Oder ins Musikzimmer? Spielt da nicht wer? Eine Beethovensonate! Wie kann man hier eine Beethovensonate spielen! Ich vernachlässige mein Klavierspiel. In Wien werde ich wieder regelmäßig üben. Überhaupt ein anderes Leben anfangen. Das müssen wir alle. So darf es nicht weitergehen. Ich werde einmal ernsthaft mit Papa sprechen – wenn noch Zeit dazu sein sollte. Es wird, es wird. Warum habe ich es noch nie getan? Alles in unserem Haus wird mit Scherzen erledigt, und keinem ist scherzhaft zu Mut. Jeder hat eigentlich Angst vor dem andern, jeder ist allein. Die Mama ist allein, weil sie nicht gescheit genug ist und von niemandem was weiß, nicht von mir, nicht von Rudi und nicht vom Papa. Aber sie spürt es nicht und Rudi spürt es auch nicht. Er ist ja ein netter eleganter Kerl, aber mit einundzwanzig hat er mehr versprochen. Es wird gut für ihn sein, wenn er nach Holland geht. Aber wo werde ich hingehen? Ich möchte fortreisen und tun können was ich will. Wenn Papa nach Amerika durchgeht, begleite ich ihn. Ich bin schon ganz konfus ... Der Portier wird mich für wahnsinnig halten, wie ich da auf der Lehne sitze und in die Luft starre. Ich werde mir eine Zigarette anzünden. Wo ist meine Zigarettendose? Oben. Wo nur? Das Veronal habe ich bei der Wäsche. Aber wo habe ich die Dose? Da kommen Cissy und Paul. Ja, sie muß sich endlich umkleiden zum ›Dinner‹, sonst hätten sie noch im Dunkeln weitergespielt. – Sie sehen mich nicht. Was sagt er ihr denn? Warum lacht sie so blitzdumm? Wär' lustig, ihrem Gatten einen anonymen Brief nach Wien zu schreiben. Wäre ich so was imstande? Nie. Wer weiß? Jetzt haben sie mich gesehen. Ich nicke ihnen zu. Sie ärgert sich, daß ich so hübsch aussehe. Wie verlegen sie ist.

*»Wie, Else, Sie sind schon fertig zum Diner?«* – Warum sagt sie jetzt Diner und nicht Dinner.

Nicht einmal konsequent ist sie. – »Wie Sie sehen, Frau Cissy.« – *»Du siehst wirklich entzückend aus, Else, ich hätte große Lust, dir den Hof zu machen.«* – »Erspar' dir die Mühe, Paul, gib mir lieber eine Zigarette.« – *»Aber mit Wonne.«* – »Dank' schön. Wie ist das Single ausgefallen?« – *»Frau Cissy hat mich dreimal hintereinander geschlagen.«* – *»Er war nämlich zerstreut. Wissen Sie übrigens, Else, daß morgen der Kronprinz von Griechenland hier ankommt?«* – Was kümmert mich der Kronprinz von Griechenland? »So, wirklich?« O Gott, – Dorsday mit Frau Winawer! Sie grüßen. Sie gehen weiter. Ich habe zu höflich zurückgegrüßt. Ja, ganz anders als sonst. Oh, was bin ich für eine Person. – *»Deine Zigarette brennt ja nicht, Else?«* – »Also, gib mir noch einmal Feuer. Danke.« – *»Ihr Schal ist sehr hübsch, Else, zu dem schwarzen Kleid steht er Ihnen fabelhaft. Übrigens muß ich mich jetzt auch umziehen.«* – Sie soll lieber nicht weggehen, ich habe Angst vor Dorsday. – *»Und für sieben habe ich mir die Friseurin bestellt, sie ist famos. Im Winter ist sie in Mailand. Also adieu, Else, adieu, Paul.«* – *»Küss' die Hand, gnädige Frau.«* »Adieu, Frau Cissy.« – Fort ist sie. Gut, daß Paul wenigstens dableibt. *»Darf ich mich einen Moment zu dir setzen, Else,* *oder stör' ich dich in deinen Träumen?«* – »Warum in meinen Träumen? Vielleicht in meinen Wirklichkeiten.« Das heißt eigentlich gar nichts. Er soll lieber fortgehen. Ich muß ja doch mit Dorsday sprechen. Dort steht er noch immer mit der unglücklichen Frau Winawer, er langweilt sich, ich seh' es ihm an, er möchte zu mir herüberkommen. – »*Gibt es denn solche Wirklichkeiten, in denen du nicht gestört sein willst?*« – Was sagt er da? Er soll zum Teufel gehen. Warum lächle ich ihn so kokett an? Ich mein' ihn ja gar nicht. Dorsday schielt herüber. Wo bin ich? Wo bin ich? »*Was hast du denn heute, Else?*« – »Was soll ich denn haben?« – »*Du bist geheimnisvoll, dämonisch, verführerisch.*« – »Red' keinen Unsinn, Paul.« »*Man könnte geradezu toll werden, wenn man dich ansieht.*« – Was fällt ihm denn ein? Wie redet er denn zu mir? Hübsch ist er. Der Rauch meiner Zigarette verfängt sich in seinen Haaren. Aber ich kann ihn jetzt nicht brauchen. »*Du siehst so über mich hinweg. Warum denn, Else?*« – Ich antwortete gar nichts. Ich kann ihn nicht brauchen. Ich mache mein unausstehlichstes Gesicht. Nur keine Konversation jetzt. – »*Du bist mit deinen Gedanken ganz woanders.*« – »Das dürfte stimmen.« Er ist Luft für mich. Merkt Dorsday, daß ich ihn erwarte? Ich sehe nicht hin, aber ich weiß, daß er hersieht. – »*Also, leb' wohl, Else.*« – Gott sei Dank. Er küßt mir die Hand. Das tut er sonst nie. »Adieu, Paul.« Wo hab' ich die schmelzende Stimme her? Er geht, der Schwindler. Wahrscheinlich muß er noch etwas abmachen mit Cissy wegen heute Nacht. Wünsche viel Vergnügen. Ich ziehe den Schal um meine Schulter und stehe auf und geh' vors Hotel hinaus. Wird freilich schon etwas kühl sein. Schad', daß ich meinen Mantel – Ah, ich habe ihn ja heute früh in die Portierloge hineingehängt. Ich fühle den Blick von Dorsday auf meinem Nacken, durch den Schal. Frau Winawer geht jetzt hinauf in ihr Zimmer. Wieso weiß ich denn das? Telepathie. »Ich bitte Sie, Herr Portier –« »*Fräulein wünschen den Mantel?*« – »Ja, bitte.« – »*Schon etwas kühl die Abende, Fräulein. Das kommt bei uns so plötzlich.*« – »Danke.« Soll ich wirklich vors Hotel? Gewiß, was denn? Jedenfalls zur Türe hin. Jetzt kommt einer nach dem andern. Der Herr mit dem goldenen Zwicker. Der lange Blonde mit der grünen Weste. Alle sehen sie mich an. Hübsch ist diese kleine Genferin. Nein, aus Lausanne ist sie. Es ist eigentlich gar nicht so kühl.

»*Guten Abend, Fräulein Else.*« – Um Gottes

willen, er ist es. Ich sage nichts von Papa. Kein Wort. Erst nach dem Essen. Oder ich reise morgen nach Wien. Ich gehe persönlich zu Doktor Fiala. Warum ist mir das nicht gleich eingefallen? Ich wende mich um mit einem Gesicht, als wüßte ich nicht, wer hinter mir steht. »Ah, Herr von Dorsday.« – *»Sie wollen noch einen Spaziergang machen, Fräulein Else?«* – »Ach, nicht gerade einen Spaziergang, ein bißchen auf und abgehen vor dem Diner.« – *»Es ist fast noch eine Stunde bis dahin.«* – »Wirklich?« Es ist gar nicht so kühl. Blau sind die Berge. Lustig wär's, wenn er plötzlich um meine Hand anhielte. – *»Es gibt doch auf der Welt keinen schöneren Fleck als diesen hier.«* – »Finden Sie, Herr von Dorsday? Aber bitte, sagen Sie nicht, daß die Luft hier wie Champagner ist.« – *»Nein, Fräulein Else, das sage ich erst von zweitausend Metern an. Und hier stehen wir kaum sechzehnhundertfünfzig über dem Meeresspiegel.«* – »Macht das einen solchen Unterschied?« – *»Aber selbstverständlich. Waren Sie schon einmal im Engadin?«* – »Nein, noch nie. Also dort ist die Luft wirklich wie Champagner?« – *»Man könnte es beinah' sagen. Aber Champagner ist nicht mein Lieblingsgetränk. Ich ziehe diese Gegend vor. Schon wegen der wundervollen*

*Wälder.* – Wie langweilig er ist. Merkt er das nicht? Er weiß offenbar nicht recht, was er mit mir reden soll. Mit einer verheirateten Frau wäre es einfacher. Man sagt eine kleine Unanständigkeit und die Konversation geht weiter. – »*Bleiben Sie noch längere Zeit hier in San Martino, Fräulein Else?*« – Idiotisch. Warum schau' ich ihn so kokett an? Und schon lächelt er in der gewissen Weise. Nein, wie dumm die Männer sind. »Das hängt zum Teil von den Dispositionen meiner Tante ab.« Ist ja gar nicht wahr. Ich kann ja allein nach Wien fahren. »Wahrscheinlich bis zum zehnten.« – »*Die Mama ist wohl noch in Gmunden?*« – »Nein, Herr von Dorsday. Sie ist schon in Wien. Schon seit drei Wochen. Papa ist auch in Wien. Er hat sich heuer kaum acht Tage Urlaub genommen. Ich glaube, der Prozeß Erbesheimer macht ihm sehr viel Arbeit.« – »*Das kann ich mir denken. Aber Ihr Papa ist wohl der einzige, der Erbesheimer herausreißen kann ... Es bedeutet ja schon einen Erfolg, daß es überhaupt eine Zivilsache geworden ist.*« – Das ist gut, das ist gut. »Es ist mir angenehm zu hören, daß auch Sie ein so günstiges Vorgefühl haben.« – »*Vorgefühl? Inwiefern?*« – »Ja, daß der Papa den Prozeß für Erbesheimer gewinnen wird.« – »*Das will ich nicht einmal mit Bestimmtheit behauptet haben.«* – Wie, weicht er schon zurück? Das soll ihm nicht gelingen. »Oh, ich halte etwas von Vorgefühlen und von Ahnungen. Denken Sie, Herr von Dorsday, gerade heute habe ich einen Brief von zu Hause bekommen.« Das war nicht sehr geschickt. Er macht ein etwas verblüfftes Gesicht. Nur weiter, nicht schlucken. Er ist ein guter alter Freund von Papa. Vorwärts. Vorwärts. Jetzt oder nie. »Herr von Dorsday, Sie haben eben so lieb von Papa gesprochen, es wäre geradezu häßlich von mir, wenn ich nicht ganz aufrichtig zu Ihnen wäre.« Was macht er denn für Kalbsaugen? O weh, er merkt was. Weiter, weiter. »Nämlich in dem Brief ist auch von Ihnen die Rede, Herr von Dorsday. Es ist nämlich ein Brief von Mama.« – *»So.«* – »Eigentlich ein sehr trauriger Brief. Sie kennen ja die Verhältnisse in unserem Haus, Herr von Dorsday.« – Um Himmels willen, ich habe ja Tränen in der Stimme. Vorwärts, vorwärts, jetzt gibt es kein Zurück mehr. Gott sei Dank. »Kurz und gut, Herr von Dorsday, wir wären wieder einmal so weit.« – Jetzt möchte er am liebsten verschwinden. »Es handelt sich – um eine Bagatelle. Wirklich nur um eine Bagatelle, Herr von Dorsday. Und doch, wie Mama schreibt, steht alles auf dem Spiel.« Ich rede so blöd' daher wie eine Kuh. – »*Aber beruhigen Sie sich doch, Fräulein Else.*« – Das hat er nett gesagt. Aber meinen Arm braucht er darum nicht zu berühren. – »*Also, was gibt's denn eigentlich, Fräulein Else? Was steht denn in dem traurigen Brief von Mama!*« – »Herr von Dorsday, der Papa« – Mir zittern die Knie. »Die Mama schreibt mir, daß der Papa« – »*Aber um Gottes willen, Else, was ist Ihnen denn? Wollen Sie nicht lieber – hier ist eine Bank. Darf ich Ihnen den Mantel umgeben? Es ist etwas kühl.*« – »Danke, Herr von Dorsday, oh, es ist nichts, gar nichts besonderes.« So, da sitze ich nun plötzlich auf der Bank. Wer ist die Dame, die da vorüber kommt? Kenn' ich gar nicht. Wenn ich nur nicht weiterreden müßte. Wie er mich ansieht! Wie konntest du das von mir verlangen, Papa? Das war nicht recht von dir, Papa. Nun ist es einmal geschehen. Ich hätte bis nach dem Diner warten sollen. – »*Nun, Fräulein Else?*« – Sein Monokel baumelt. Dumm sieht das aus. Soll ich ihm antworten? Ich muß ja. Also geschwind, damit ich es hinter mir habe. Was kann mir denn passieren? Er ist ein Freund von Papa. »Ach Gott, Herr von Dorsday, Sie sind ja ein alter Freund unseres Hauses.« Das habe ich sehr gut gesagt. »Und es wird

Sie wahrscheinlich nicht wundern, wenn ich Ihnen erzähle, daß Papa sich wieder einmal in einer recht fatalen Situation befindet.« Wie merkwürdig meine Stimme klingt. Bin das ich, die da redet? Träume ich vielleicht? Ich habe gewiß jetzt auch ein ganz anderes Gesicht als sonst. – »*Es wundert mich allerdings nicht übermäßig. Da haben Sie schon recht, liebes Fräulein Else, – wenn ich es auch lebhaft bedauere.*« – Warum sehe ich denn so flehend zu ihm auf? Lächeln, lächeln. Geht schon. – »*Ich empfinde für Ihren Papa eine so aufrichtige Freundschaft, für Sie alle.*« – Er soll mich nicht so ansehen, es ist unanständig. Ich will anders zu ihm reden und nicht lächeln. Ich muß mich würdiger benehmen. »Nun, Herr von Dorsday, jetzt hätten Sie Gelegenheit, Ihre Freundschaft für meinen Vater zu beweisen.« Gott sei Dank, ich habe meine alte Stimme wieder. »Es scheint nämlich, Herr von Dorsday, daß alle unsere Verwandten und Bekannten – die Mehrzahl ist noch nicht in Wien – sonst wäre Mama wohl nicht auf die Idee gekommen. – Neulich habe ich nämlich zufällig in einem Brief an Mama Ihrer Anwesenheit hier in Martino Erwähnung getan – unter anderm natürlich.« »*Ich vermutete gleich, Fräulein Else, daß ich nicht das einzige Thema Ihrer Korrespondenz mit Mama vorstelle.«* – Warum drückt er seine Knie an meine, während er da vor mir steht. Ach, ich lasse es mir gefallen. Was tut's! Wenn man einmal so tief gesunken ist. – »Die Sache verhält sich nämlich so. Doktor Fiala ist es, der diesmal dem Papa besondere Schwierigkeiten zu bereiten scheint.« – *»Ach, Doktor Fiala.«* – Er weiß offenbar auch, was er von diesem Fiala zu halten hat. »Ja, Doktor Fiala. Und die Summe, um die es sich handelt, soll am fünften, das ist übermorgen um zwölf Uhr mittag, – vielmehr, sie muß in seinen Händen sein, wenn nicht der Baron Höning – ja, denken Sie, der Baron hat Papa zu sich bitten lassen, privat, er liebt ihn nämlich sehr.« Warum red' ich denn von Höning, das wär' ja gar nicht notwendig gewesen. – *»Sie wollen sagen, Else, daß andernfalls eine Verhaftung unausbleiblich wäre?«* – Warum sagt er das so hart? Ich antworte nicht, ich nicke nur. »Ja.« Nun habe ich doch ja gesagt. *»Hm, das ist ja schlimm, das ist ja wirklich sehr – dieser hochbegabte geniale Mensch. – Und um welchen Betrag handelt es sich denn eigentlich, Fräulein Else?«* – Warum lächelt er denn? Er findet es schlimm und er lächelt. Was meint er mit seinem Lächeln? Daß es gleichgültig ist, wieviel?

Und wenn er nein sagt! Ich bring' mich um, wenn er nein sagt. Also, ich soll die Summe nennen. »Wie, Herr von Dorsday, ich habe noch nicht gesagt, wieviel? Eine Million.« Warum sag' ich das? Es ist doch jetzt nicht der Moment zum Spassen? Aber wenn ich ihm dann sage, um wieviel weniger es in Wirklichkeit ist, wird er sich freuen. Wie er die Augen aufreißt? Hält er es am Ende wirklich für möglich, daß ihn der Papa um eine Million – »Entschuldigen Sie, Herr von Dorsday, daß ich in diesem Augenblick scherze. Es ist mir wahrhaftig nicht scherzhaft zumute.« – Ja, ja, drück' die Knie nur an, du darfst es dir ja erlauben. »Es handelt sich natürlich nicht um eine Million, es handelt sich im ganzen um dreißigtausend Gulden, Herr von Dorsday, die bis übermorgen mittag um zwölf Uhr in den Händen des Herrn Doktor Fiala sein müssen. Ja Mama schreibt mir, daß Papa alle möglichen Versuche gemacht hat, aber wie gesagt, die Verwandten, die in Betracht kämen, befinden sich nicht in Wien.« – O Gott, wie ich mich erniedrige. – »Sonst wäre es dem Papa natürlich nicht eingefallen, sich an Sie zu wenden, Herr von Dorsday, respektive mich zu bitten –« – Warum schweigt er? Warum bewegt er keine Miene? Warum sagt er nicht ja? Wo ist das

Scheckbuch und die Füllfeder? Er wird doch um Himmels willen nicht nein sagen? Soll ich mich auf die Knie vor ihm werfen? O Gott! O Gott –

»*Am fünften sagten Sie, Fräulein Else?*« – Gott sei Dank, er spricht. »Jawohl übermorgen, Herr von Dorsday, um zwölf Uhr mittags. Es wäre also nötig – ich glaube, brieflich ließe sich das kaum mehr erledigen.« – »*Natürlich nicht, Fräulein Else, das müßten wir wohl auf telegraphischem Wege*« – ›Wir‹, das ist gut, das ist sehr gut. – »*Nun, das wäre das wenigste. Wieviel sagten Sie, Else?*« – Aber er hat es ja gehört, warum quält er mich denn? »Dreißigtausend, Herr von Dorsday. Eigentlich eine lächerliche Summe.« Warum habe ich das gesagt? Wie dumm. Aber er lächelt. Dummes Mädel, denkt er. Er lächelt ganz liebenswürdig. Papa ist gerettet. Er hätte ihm auch fünfzigtausend geliehen, und wir hätten uns allerlei anschaffen können. Ich hätte mir neue Hemden gekauft. Wie gemein ich bin. So wird man. – »*Nicht ganz so lächerlich, liebes Kind*« – Warum sagt er ›liebes Kind‹? Ist das gut oder schlecht? – »*wie Sie sich das vorstellen. Auch dreißigtausend Gulden wollen verdient sein.*« – »Entschuldigen Sie, Herr von Dorsday, nicht so habe ich es gemeint. Ich dachte nur, wie traurig es ist, daß

Papa wegen einer solchen Summe, wegen einer solchen Bagatelle« – Ach Gott, ich verhasple mich ja schon wieder. »Sie können sich gar nicht denken, Herr von Dorsday, – wenn Sie auch einen gewissen Einblick in unsere Verhältnisse haben, wie furchtbar es für mich und besonders für Mama ist« – Er stellt den einen Fuß auf die Bank. Soll das elegant sein – oder was? – »*Oh, ich kann mir schon denken, liebe Else.*« – Wie seine Stimme klingt, ganz anders, merkwürdig. – »*Und ich habe mir selbst schon manches Mal gedacht: schade, schade um diesen genialen Menschen.*« – Warum sagt er ›schade‹? Will er das Geld nicht hergeben? Nein, er meint es nur im allgemeinen. Warum sagt er nicht endlich ja? Oder nimmt er das als selbstverständlich an? Wie er mich ansieht! Warum spricht er nicht weiter? Ah, weil die zwei Ungarinnen vorbeigehen. Nun steht er wenigstens wieder anständig da, nicht mehr mit dem Fuß auf der Bank. Die Krawatte ist zu grell für einen älteren Herrn. Sucht ihm die seine Geliebte aus? Nichts besonders Feines ›unter uns‹, schreibt Mama. Dreißigtausend Gulden! Aber ich lächle ihn ja an. Warum lächle ich denn? Oh, ich bin feig. – »*Und wenn man wenigstens annehmen dürfte, mein liebes Fräulein Else, daß mit dieser*

*Summme wirklich etwas getan wäre? Aber – Sie sind doch ein so kluges Geschöpf, Else, was wären diese dreißigtausend Gulden? Ein Tropfen auf einen heißen Stein.«* – Um Gottes willen, er will das Geld nicht hergeben? Ich darf kein so erschrockenes Gesicht machen. Alles steht auf dem Spiel. Jetzt muß ich etwas Vernünftiges sagen und energisch. »O nein, Herr von Dorsday, diesmal wäre es kein Tropfen auf einen heißen Stein. Der Prozeß Erbesheimer steht bevor, vergessen Sie das nicht, Herr von Dorsday, und der ist schon heute so gut wie gewonnen. Sie hatten ja selbst diese Empfindung, Herr von Dorsday. Und Papa hat auch noch andere Prozesse. Und außerdem habe ich die Absicht, Sie dürfen nicht lachen, Herr von Dorsday, mit Papa zu sprechen, sehr ernsthaft. Er hält etwas auf mich. Ich darf sagen, wenn jemand einen gewissen Einfluß auf ihn zu nehmen imstande ist, so bin es noch am ehesten ich.« – *»Sie sind ja ein rührendes, ein entzückendes Geschöpf, Fräulein Else.«* – Seine Stimme klingt schon wieder. Wie zuwider ist mir das, wenn es so zu klingen anfängt bei den Männern. Auch bei Fred mag ich es nicht. – *»Ein entzückendes Geschöpf in der Tat.«* – Warum sagt er ›in der Tat‹? Das ist abgeschmackt. Das sagt man doch nur im Burgtheater. – »*Aber so gern ich Ihren Optimismus teilen möchte – wenn der Karren einmal so verfahren ist.*« – »Das ist er nicht, Herr von Dorsday. Wenn ich an Papa nicht glauben würde, wenn ich nicht ganz überzeugt wäre, daß diese dreißigtausend Gulden« – Ich weiß nicht, was ich weiter sagen soll. Ich kann ihn doch nicht geradezu anbetteln. Er überlegt. Offenbar. Vielleicht weiß er die Adresse von Fiala nicht? Unsinn. Die Situation ist unmöglich. Ich sitze da wie eine arme Sünderin. Er steht vor mir und bohrt mir das Monokel in die Stirn und schweigt. Ich werde aufstehen, das ist das beste. Ich lasse mich nicht so behandeln. Papa soll sich umbringen. Ich werde mich auch umbringen. Eine Schande, dieses Leben. Am besten wär's, sich dort von dem Felsen hinunterzustürzen und aus wär's. Geschähe euch recht, allen. Ich stehe auf. – »*Fräulein Else*« – »Entschuldigen Sie, Herr von Dorsday, daß ich Sie unter diesen Umständen überhaupt bemüht habe. Ich kann Ihr ablehnendes Verhalten natürlich vollkommen verstehen.« – So, aus, ich gehe. – »*Bleiben Sie, Fräulein Else.*« – Bleiben Sie, sagt er? Warum soll ich bleiben? Er gibt das Geld her. Ja. Ganz bestimmt. Er muß ja. Aber ich setze mich nicht noch einmal nieder. Ich bleibe stehen, als wär' es nur für eine halbe Sekunde. Ich bin ein bißchen größer als er. – *»Sie haben meine Antwort noch nicht abgewartet, Else. Ich war ja schon einmal, verzeihen Sie, Else, daß ich das in diesem Zusammenhang erwähne«* – Er müßte nicht so oft Else sagen – *»in der Lage, dem Papa aus einer Verlegenheit zu helfen. Allerdings mit einer – noch lächerlicheren Summe als diesmal, und schmeichelte mir keineswegs mit der Hoffnung, diesen Betrag jemals wiedersehen zu dürfen, – und so wäre eigentlich kein Grund vorhanden, meine Hilfe diesmal zu verweigern. Und gar wenn ein junges Mädchen wie Sie, Else, wenn Sie selbst als Fürbitterin vor mich hintreten –«* – Worauf will er hinaus? Seine Stimme ›klingt‹ nicht mehr. Oder anders! Wie sieht er mich denn an? Er soll achtgeben!! – *»Also, Else, ich bin bereit – Doktor Fiala soll übermorgen um zwölf Uhr mittags die dreißigtausend Gulden haben – unter einer Bedingung.«* – Er soll nicht weiterreden, er soll nicht. »Herr von Dorsday, ich, ich persönlich übernehme die Garantie, daß mein Vater diese Summe zurückerstatten wird, sobald er das Honorar von Erbesheimer erhalten hat. Erbesheimers haben bisher überhaupt noch nichts gezahlt. Noch nicht einmal einen Vorschuß – Mama selbst schreibt mir« – »*Lassen Sie doch, Else, man soll niemals eine Garantie für einen anderen Menschen übernehmen, – nicht einmal für sich selbst.*« – Was will er? Seine Stimme klingt schon wieder. Nie hat mich ein Mensch so angeschaut. Ich ahne, wo er hinaus will. Wehe ihm! – »*Hätte ich es vor einer Stunde für möglich gehalten, daß ich in einem solchen Falle überhaupt mir jemals einfallen lassen würde, eine Bedingung zu stellen? Und nun tue ich es doch. Ja, Else, man ist eben nur ein Mann, und es ist nicht meine Schuld, daß Sie so schön sind, Else.*« – »Was will er? Was will er –? – »*Vielleicht hätte ich heute oder morgen das Gleiche von Ihnen erbeten, was ich jetzt erbitten will, auch wenn Sie nicht eine Million, pardon – dreißigtausend Gulden vor mir gewünscht hätten. Aber freilich, unter anderen Umständen hätten Sie mir wohl kaum Gelegenheit vergönnt, so lange Zeit unter vier Augen mit Ihnen zu reden.*« – »Oh, ich habe Sie wirklich allzu lange in Anspruch genommen, Herr von Dorsday.« Das habe ich gut gesagt. Fred wäre zufrieden. Was ist das? Er faßt nach meiner Hand? Was fällt ihm denn ein? – »*Wissen Sie es denn nicht schon lange, Else.*« – Er soll meine Hand loslassen! Nun, Gott sei Dank, er läßt sie los. Nicht so nah, nicht so nah. – »*Sie müßten keine Frau sein, Else, wenn Sie es nicht gemerkt hätten. Je vous désire.*« – Er hätte es auch deutsch sagen können, der Herr Vicomte. – »*Muß ich noch mehr sagen?*« – »Sie haben schon zu viel gesagt, Herr Dorsday.« Und ich stehe noch da. Warum denn? Ich gehe, ich gehe ohne Gruß. – »*Else! Else!*« – Nun ist er wieder neben mir. – »*Verzeihen Sie mir, Else. Auch ich habe nur einen Scherz gemacht, geradeso wie Sie vorher mit der Million. Auch meine Forderung stelle ich nicht so hoch – als Sie gefürchtet haben, wie ich leider sagen muß, – so daß die geringere Sie vielleicht angenehm überraschen wird. Bitte, bleiben Sie doch stehen, Else.*« – Ich bleibe wirklich stehen. Warum denn? Da stehen wir uns gegenüber. Hätte ich ihm nicht einfach ins Gesicht schlagen sollen? Wäre nicht noch jetzt Zeit dazu? Die zwei Engländer kommen vorbei. Jetzt wäre der Moment. Gerade darum. Warum tu' ich es denn nicht? Ich bin feig, ich bin zerbrochen, ich bin erniedrigt. Was wird er nun wollen statt der Million? Einen Kuß vielleicht? Darüber ließe sich reden. Eine Million zu dreißigtausend verhält sich wie – –. Komische Gleichungen gibt es. – »*Wenn Sie wirklich einmal eine Million brauchen sollten, Else, – ich bin zwar kein reicher*

*Mann, dann wollen wir sehen. Aber für diesmal will ich genügsam sein, wie Sie. Und für diesmal will ich nichts anderes, Else, als – Sie sehen.«* – Ist er verrückt? Er sieht mich doch. – Ah, so meint er das, so! Warum schlage ich ihm nicht ins Gesicht, dem Schuften! Bin ich rot geworden oder blaß? Nackt willst du mich sehen? Das möchte mancher. Ich bin schön, wenn ich nackt bin. Warum schlage ich ihm nicht ins Gesicht? Riesengroß ist sein Gesicht. Warum so nah, du Schuft? Ich will deinen Atem nicht auf meinen Wangen. Warum lasse ich ihn nicht einfach stehen? Bannt mich sein Blick? Wir schauen uns ins Auge wie Todfeinde. Ich möchte ihm Schuft sagen, aber ich kann nicht. Oder will ich nicht? – »*Sie sehen mich an, Else, als wenn ich verrückt wäre. Ich bin es vielleicht ein wenig, denn es geht ein Zauber von Ihnen aus, Else, den Sie selbst wohl nicht ahnen. Sie müssen fühlen, Else, daß meine Bitte keine Beleidigung bedeutet. Ja, ›Bitte‹ sage ich, wenn sie auch einer Erpressung zum Verzweifeln ähnlich sieht. Aber ich bin kein Erpresser, ich bin nur ein Mensch, der mancherlei Erfahrungen gemacht hat, – unter andern die, daß alles auf der Welt seinen Preis hat und daß einer, der sein Geld verschenkt, wenn er in der Lage ist, einen Gegenwert dafür zu bekommen, ein ausgemachter Narr ist. Und – was ich mir diesmal kaufen will, Else, soviel es auch ist, Sie werden nicht ärmer dadurch, daß Sie es verkaufen. Und daß es ein Geheimnis bleiben würde zwischen Ihnen und mir, das schwöre ich Ihnen, Else, bei – bei all den Reizen, durch deren Enthüllung Sie mich beglücken würden.«* – Wo hat er so reden gelernt? Es klingt wie aus einem Buch. – *»Und ich schwöre Ihnen auch, daß ich – von der Situation keinen Gebrauch machen werde, der in unserem Vertrag nicht vorgesehen war. Nichts anderes verlange ich von Ihnen, als eine Viertelstunde dastehen dürfen in Andacht vor Ihrer Schönheit. Mein Zimmer liegt im gleichen Stockwerk wie das Ihre, Else, Nummer fünfundsechzig, leicht zu merken. Der schwedische Tennisspieler, von dem Sie heut' sprachen, war doch gerade fünfundsechzig Jahre alt?«* – Er ist verrückt! Warum lasse ich ihn weiterreden? Ich bin gelähmt. – *»Aber wenn es Ihnen aus irgendeinem Grunde nicht paßt, mich auf Zimmer Nummer fünfundsechzig zu besuchen, Else, so schlage ich Ihnen einen kleinen Spaziergang nach dem Diner vor. Es gibt eine Lichtung im Walde, ich habe sie neulich ganz zufällig entdeckt, kaum fünf Minuten weit von unserem Hotel. – Es wird eine* *wundervolle Sommernacht heute, beinahe warm, und das Sternenlicht wird Sie herrlich kleiden.«* – Wie zu einer Sklavin spricht er. Ich spucke ihm ins Gesicht. – »*Sie sollen mir nicht gleich antworten, Else. Überlegen Sie. Nach dem Diner werden Sie mir gütigst Ihre Entscheidung kundtun.«* – Warum sagt er denn ›kundtun‹. Was für ein blödes Wort: kundtun. – »*Überlegen Sie in aller Ruhe. Sie werden vielleicht spüren, daß es nicht einfach ein Handel ist, den ich Ihnen vorschlage.«* – Was denn, du klingender Schuft! – »*Sie werden möglicherweise ahnen, daß ein Mann zu Ihnen spricht, der ziemlich einsam und nicht besonders glücklich ist und der vielleicht einige Nachsicht verdient.«* – Affektierter Schuft. Spricht wie ein schlechter Schauspieler. Seine gepflegten Finger sehen aus wie Krallen. Nein, nein, ich will nicht. Warum sag' ich es denn nicht. Bring' dich um, Papa! Was will er denn mit meiner Hand? Ganz schlaff ist mein Arm. Er führt meine Hand an seine Lippen. Heiße Lippen. Pfui! Meine Hand ist kalt. Ich hätte Lust, ihm den Hut herunter zu blasen. Ha, wie komisch wär' das. Bald ausgeküßt, du Schuft? – Die Bogenlampen vor dem Hotel brennen schon. Zwei Fenster stehen offen im dritten Stock. Das, wo sich der Vorhang bewegt, ist meines. Oben auf dem Schrank glänzt etwas. Nichts liegt oben, es ist nur der Messingbeschlag. – »*Also auf Wiedersehen, Else.*« – Ich antworte nichts. Regungslos stehe ich da. Er sieht mir ins Auge. Mein Gesicht ist undurchdringlich. Er weiß gar nichts. Er weiß nicht, ob ich kommen werde oder nicht. Ich weiß es auch nicht. Ich weiß nur, daß alles aus ist. Ich bin halbtot. Da geht er. Ein wenig gebückt. Schuft! Er fühlt meinen Blick auf seinem Nacken. Wen grüßt er denn? Zwei Damen. Als wäre er ein Graf, so grüßt er. Paul soll ihn fordern und ihn totschießen. Oder Rudi. Was glaubt er denn eigentlich? Unverschämter Kerl! Nie und nimmer. Es wird dir nichts anderes übrigbleiben, Papa, du mußt dich umbringen. – Die zwei kommen offenbar von einer Tour. Beide hübsch, er und sie. Haben sie noch Zeit, sich vor dem Diner umzukleiden? Sind gewiß auf der Hochzeitsreise oder vielleicht gar nicht verheiratet. Ich werde nie auf einer Hochzeitsreise sein. Dreißigtausend Gulden. Nein, nein, nein! Gibt es keine dreißigtausend Gulden auf der Welt? Ich fahre zu Fiala. Ich komme noch zurecht. Gnade, Gnade, Herr Doktor Fiala. Mit Vergnügen, mein Fräulein. Bemühen Sie sich in mein Schlafzimmer. – Tu mir doch den Gefallen, Paul, verlange dreißigtausend Gulden von deinem Vater. Sage, du hast Spielschulden, du mußt dich sonst erschießen. Gern, liebe Kusine. Ich habe Zimmer Nummer soundsoviel, um Mitternacht erwarte ich dich. O, Herr von Dorsday, wie bescheiden sind Sie. Vorläufig. Jetzt kleidet er sich um. Smoking. Also entscheiden wir uns. Wiese im Mondenschein oder Zimmer Nummer fünfundsechzig? Wird er mich im Smoking in den Wald begleiten?

Es ist noch Zeit bis zum Diner. Ein bißchen spazierengehen und die Sache in Ruhe überlegen. Ich bin ein einsamer alter Mann, haha. Himmlische Luft, wie Champagner. Gar nicht mehr kühl – dreißigtausend... dreißigtausend... Ich muß mich jetzt sehr hübsch ausnehmen in der weiten Landschaft. Schade, daß keine Leute mehr im Freien sind. Dem Herrn dort am Waldesrand gefalle ich offenbar sehr gut. Oh, mein Herr, nackt bin ich noch viel schöner, und es kostet einen Spottpreis, dreißigtausend Gulden. Vielleicht bringen Sie Ihre Freunde mit, dann kommt es billiger. Hoffentlich haben Sie lauter hübsche Freunde, hübschere und jüngere als Herr von Dorsday? Kennen Sie Herrn von Dorsday? Ein Schuft ist er – ein klingender Schuft...

Also überlegen, überlegen... Ein Menschenleben steht auf dem Spiel. Das Leben von Papa. Aber nein, er bringt sich nicht um, er wird sich lieber einsperren lassen. Drei Jahre schwerer Kerker oder fünf. In dieser ewigen Angst lebt er schon fünf oder zehn Jahre... Mündelgelder... Und Mama geradeso. Und ich doch auch. – Vor wem werde ich mich das nächste Mal nackt ausziehen müssen? Oder bleiben wir der Einfachheit wegen bei Herrn Dorsday? Seine jetzige Geliebte ist ja nichts Feines ›unter uns gesagt‹. Ich wäre ihm gewiß lieber. Es ist gar nicht so ausgemacht, ob ich viel feiner bin. Tun Sie nicht vornehm, Fräulein Else, ich könnte Geschichten von Ihnen erzählen... einen gewissen Traum zum Beispiel, den Sie schon dreimal gehabt haben – von dem haben Sie nicht einmal Ihrer Freundin Bertha erzählt. Und die verträgt doch was. Und wie war denn das heuer in Gmunden in der Früh um sechs auf dem Balkon, mein vornehmes Fräulein Else? Haben Sie die zwei jungen Leute im Kahn vielleicht gar nicht bemerkt, die Sie angestarrt haben? Mein Gesicht haben sie vom See aus freilich nicht genau ausnehmen können, aber daß ich im Hemd war, das haben sie schon bemerkt. Und ich hab' mich gefreut. Ah, mehr als gefreut. Ich war wie berauscht. Mit beiden Händen hab' ich mich über die Hüften gestrichen und vor mir selber hab' ich getan, als wüßte ich nicht, daß man mich sieht. Und der Kahn hat sich nicht vom Fleck bewegt. Ja, so bin ich, so bin ich. Ein Luder, ja. Sie spüren es ja alle. Auch Paul spürt es. Natürlich, er ist ja Frauenarzt. Und der Marineleutnant hat es ja auch gespürt und der Maler auch. Nur Fred, der dumme Kerl spürt es nicht. Darum liebt er mich ja. Aber gerade vor ihm möchte ich nicht nackt sein, nie und nimmer. Ich hätte gar keine Freude davon. Ich möchte mich schämen. Aber vor dem Filou mit dem Römerkopf – wie gern. Am allerliebsten vor dem. Und wenn ich gleich nachher sterben müßte. Aber es ist ja nicht notwendig, gleich nachher zu sterben. Man überlebt es. Die Bertha hat mehr überlebt. Cissy liegt sicher auch nackt da, wenn Paul zu ihr schleicht durch die Hotelgänge, wie ich heute nacht zu Herrn von Dorsday schleichen werde.

Nein, nein. Ich will nicht. Zu jedem andern – aber nicht zu ihm. Zu Paul meinetwegen. Oder ich such' mir einen aus heute abend beim Diner. Es ist ja alles egal. Aber ich kann doch nicht jedem sagen, daß ich dreißigtausend Gulden dafür haben will! Da wäre ich ja wie ein Frauenzimmer von der Kärntnerstraße. Nein, ich verkaufe mich nicht. Niemals. Nie werde ich mich verkaufen. Ich schenke mich her. Ja, wenn ich einmal den Rechten finde, schenke ich mich her. Aber ich verkaufe mich nicht. Ein Luder will ich sein, aber nicht eine Dirne. Sie haben sich verrechnet, Herr von Dorsday. Und der Papa auch. Ja, verrechnet hat er sich. Er muß es ja vorher gesehen haben. Er kennt ja die Menschen. Er kennt doch den Herrn von Dorsday. Er hat sich doch denken können, daß der Herr von Dorsday nicht für nichts und wieder nichts. – Sonst hätte er doch telegraphieren oder selber herreisen können. Aber so war es bequemer und sicherer, nicht wahr, Papa? Wenn man eine so hübsche Tochter hat, wozu braucht man ins Zuchthaus zu spazieren? Und die Mama, dumm wie sie ist, setzt sich hin und schreibt den Brief. Der Papa hat sich nicht getraut. Da hätte ich es ja gleich merken müssen. Aber es soll Euch nicht glücken. Nein, du hast zu sicher auf meine kindliche Zärtlichkeit spekuliert, Papa, zu sicher darauf gerechnet, daß ich lieber jede Gemeinheit erdulden würde als dich die Folgen deines verbrecherischen Leichtsinns tragen zu lassen. Ein Genie bist du ja. Herr von Dorsday sagt es, alle Leute sagen es. Aber was hilft mir das. Fiala ist eine Null, aber er unterschlägt keine Mündelgelder, sogar Waldheim ist nicht in einem Atem mit dir zu nennen ... Wer hat das nur gesagt? Der Doktor Froriep. Ein Genie ist Ihr Papa. – Und ich hab' ihn erst einmal reden gehört! – Im vorigen Jahr im Schwurgerichtssaal – – zum ersten- und letztenmal! Herrlich! Die Tränen sind mir über die Wangen gelaufen. Und der elende Kerl, den er verteidigt hat, ist freigesprochen worden. Er war vielleicht gar kein so elender Kerl. Er hat jedenfalls nur gestohlen, keine Mündelgelder veruntreut, um Bakkarat zu spielen und auf der Börse zu spekulieren. Und jetzt wird der Papa selber vor den Geschworenen stehen. In allen Zeitungen wird man es lesen. Zweiter Verhandlungstag, dritter Verhandlungstag; der Verteidiger erhob sich zu einer Replik. Wer wird denn sein Verteidiger sein? Kein Genie. Nichts wird ihm helfen. Einstimmig schuldig. Verurteilt auf fünf Jahre. Stein, Sträflingskleid, geschorene Haare. Einmal im Monat darf man ihn besuchen. Ich fahre mit Mama hinaus, dritter Klasse. Wir haben ja kein Geld. Keiner leiht uns was. Kleine Wohnung in der Lerchenfelderstraße, so wie die, wo ich die Nähterin besucht habe vor zehn Jahren. Wir bringen ihm etwas zu essen mit. Woher denn? Wir haben ja selber nichts. Onkel Viktor wird uns eine Rente aussetzen. Dreihundert Gulden monatlich. Rudi wird in Holland sein bei Vanderhulst – wenn man noch auf ihn reflektiert. Die Kinder des Sträflings! Roman von Temme in drei Bänden. Der Papa empfängt uns im gestreiften Sträflingsanzug. Er schaut nicht bös drein, nur traurig. Er kann ja gar nicht bös dreinschauen. – Else, wenn du mir damals das Geld verschafft hättest, das wird er sich denken, aber er wird nichts sagen. Er wird nicht das Herz haben, mir Vorwürfe zu machen. Er ist ja seelengut, nur leichtsinnig ist er. Sein Verhängnis ist die Spielleidenschaft. Er kann ja nichts dafür, es ist eine Art von Wahnsinn. Vielleicht spricht man ihn frei, weil er wahnsinnig ist. Auch den Brief hat er vorher nicht überlegt. Es ist ihm vielleicht gar nicht eingefallen, daß Dorsday die Gelegenheit benützen könnte, und so eine Gemeinheit von mir verlangen wird. Er ist ein guter Freund unseres Hauses, er hat dem Papa schon einmal achttausend Gulden geliehen. Wie soll man so was von einem Menschen denken. Zuerst hat der Papa sicher alles andere versucht. Was muß er durchgemacht haben, ehe er die Mama veranlaßt hat, diesen Brief zu schreiben? Von einem zum andern ist er gelaufen, von Warsdorf zu Burin, von Burin zu Wertheimstein und weiß Gott noch zu wem. Bei Onkel Karl war er gewiß auch. Und alle haben sie ihn im Stich gelassen. Alle die sogenannten Freunde. Und nun ist Dorsday seine Hoffnung, seine letzte Hoffnung. Und wenn das Geld nicht kommt, so bringt er sich um. Natürlich bringt er sich um. Er wird sich doch nicht einsperren lassen. Untersuchungshaft, Verhandlung, Schwurgericht, Kerker, Sträflingsgewand. Nein, nein! Wenn der Haftbefehl kommt, erschießt er sich oder hängt sich auf. Am Fensterkreuz wird er hängen. Man wird herüberschicken vom Haus vis-à-vis, der Schlosser wird aufsperren müssen und ich bin schuld gewesen. Und jetzt sitzt er zusammen mit Mama im selben Zimmer, wo er übermorgen hängen wird, und raucht eine Havannazigarre. Woher hat er immer noch Havannazigarren? Ich höre ihn sprechen, wie er die Mama beruhigt. Verlaß dich drauf, Dorsday weist das Geld an. Bedenke doch, ich habe ihm heuer im Winter eine große Summe durch meine Intervention gerettet. Und dann kommt der Prozeß Erbesheimer ... – Wahrhaftig. – Ich höre ihn sprechen. Telepathie! Merkwürdig. Auch Fred seh ich in diesem Moment. Er geht mit einem Mädel im Stadtpark am Kursalon vorbei. Sie hat eine hellblaue Bluse und lichte Schuhe und ein bißl heiser ist sie. Das weiß ich alles ganz bestimmt. Wenn ich nach Wien komme, werde ich Fred fragen, ob er am dritten September zwischen halb acht und acht Uhr abends mit seiner Geliebten im Stadtpark war.

Wohin denn noch? Was ist denn mit mir? Beinahe ganz dunkel. Wie schön und ruhig. Weit und breit kein Mensch. Nun sitzen sie alle schon beim Diner. Telepathie? Nein, das ist noch keine Telepathie. Ich habe ja früher das Tamtam gehört. Wo ist die Else? wird sich Paul denken. Es wird allen auffallen, wenn ich zur Vorspeise noch nicht da bin. Sie werden zu mir heraufschicken. Was ist das mit Else? Sie ist doch sonst so pünktlich? Auch die zwei Herren am Fenster werden denken: Wo ist denn heute das schöne junge Mädel mit dem rötlichblonden Haar? Und Herr von Dorsday wird Angst bekommen. Er ist sicher feig. Beruhigen Sie sich, Herr von Dorsday, es wird Ihnen nichts geschehen. Ich verachte Sie ja so sehr. Wenn ich wollte, morgen abend wären Sie ein toter Mann. – Ich bin überzeugt, Paul würde ihn fordern, wenn ich ihm die Sache erzählte. Ich schenke Ihnen das Leben, Herr von Dorsday.

Wie ungeheuer weit die Wiesen und wie riesig schwarz die Berge. Keine Sterne beinahe. Ja doch, drei, vier, – es werden schon mehr. Und so still der Wald hinter mir. Schön hier auf der Bank am Waldesrand zu sitzen. So fern, so fern das Hotel und so märchenhaft leuchtet es her. Und was für Schufte sitzen drin. Ach nein, Menschen, arme Menschen, sie tun mir alle so leid. Auch die Marchesa tut mir leid, ich weiß nicht warum, und die Frau Winawer und die Bonne von Cissys kleinem Mädel. Sie sitzt nicht an der Table d'hôte, sie hat schon früher mit Fritzi gegessen. Was ist das nur mit Else, fragt Cissy. Wie, auf ihrem Zimmer ist sie auch nicht? Alle haben sie Angst um mich, ganz gewiß. Nur ich habe keine Angst. Ja, da bin ich in Martino di Castrozza, sitze auf einer Bank am Waldesrand und die Luft ist wie Champagner und mir scheint gar, ich weine. Ja, warum weine ich denn? Es ist doch kein Grund zu weinen. Das sind die Nerven. Ich muß mich beherrschen. Ich darf mich nicht so gehenlassen. Aber das Weinen ist gar nicht unangenehm. Das Weinen tut mir immer wohl. Wie ich unsere alte Französin besucht habe im Krankenhaus, die dann gestorben ist, habe ich auch geweint. Und beim Begräbnis von der Großmama, und wie die Bertha nach Nürnberg gereist ist, und wie das Kleine von der Agathe gestorben ist, und im Theater bei der

Kameliendame hab' ich auch geweint. Wer wird weinen, wenn ich tot bin? Oh, wie schön wäre das, tot zu sein. Aufgebahrt liege ich im Salon, die Kerzen brennen. Lange Kerzen. Zwölf lange Kerzen. Unten steht schon der Leichenwagen. Vor dem Haustor stehen Leute. Wie alt war sie denn? Erst neunzehn. Wirklich erst neunzehn? – Denken Sie sich, ihr Papa ist im Zuchthaus. Warum hat sie sich denn umgebracht? Aus unglücklicher Liebe zu einem Filou. Aber was fällt Ihnen denn ein? Sie hätte ein Kind kriegen sollen. Nein, sie ist vom Cimone heruntergetürzt. Es ist ein Unglücksfall. Guten Tag, Herr Dorsday, Sie erweisen der kleinen Else auch die letzte Ehre? Kleine Else, sagt das alte Weib. – Warum denn? Natürlich, ich muß ihr die letzte Ehre erweisen. Ich habe ihr ja auch die erste Schande erwiesen. Oh, es war der Mühe wert, Frau Winawer, ich habe noch nie einen so schönen Körper gesehen. Es hat mich nur dreißig Millionen gekostet. Ein Rubens kostet dreimal so viel. Mit Haschisch hat sie sich vergiftet. Sie wollte nur schöne Visionen haben, aber sie hat zuviel genommen und ist nicht mehr aufgewacht. Warum hat er denn ein rotes Monokel, der Herr Dorsday? Wem winkt er denn mit dem Taschentuch? Die Mama kommt die Treppe herunter und küßt ihm die Hand. Pfui, pfui. Jetzt flüstern sie miteinander. Ich kann nichts verstehen, weil ich aufgebahrt bin. Der Veilchenkranz um meine Stirn ist von Paul. Die Schleifen fallen bis auf den Boden. Kein Mensch traut sich ins Zimmer. Ich stehe lieber auf und schaue zum Fenster hinaus. Was für ein großer blauer See! Hundert Schiffe mit gelben Segeln –. Die Wellen glitzern. So viel Sonne. Regatta. Die Herren haben alle Ruderleibchen. Die Damen sind im Schwimmkostüm. Das ist unanständig. Sie bilden sich ein, ich bin nackt. Wie dumm sie sind. Ich habe ja schwarze Trauerkleider an, weil ich tot bin. Ich werde es euch beweisen. Ich lege mich gleich wieder auf die Bahre hin. Wo ist sie denn? Fort ist sie. Man hat sie davongetragen. Man hat sie unterschlagen. Darum ist der Papa im Zuchthaus. Und sie haben ihn doch freigesprochen auf drei Jahre. Die Geschworenen sind alle bestochen von Fiala. Ich werde jetzt zu Fuß auf den Friedhof gehen, da erspart die Mama das Begräbnis. Wir müssen uns einschränken. Ich gehe so schnell, daß mir keiner nachkommt. Ah, wie schnell ich gehen kann. Da bleiben sie alle auf den Straßen stehen und wundern sich. Wie darf man jemanden so anschaun, der tot ist! Das ist zudringlich. Ich gehe lieber übers Feld, das ist ganz blau von Vergißmeinnicht und Veilchen. Die Marineoffiziere stehen Spalier. Guten Morgen, meine Herren. Öffnen Sie das Tor, Herr Matador. Erkennen Sie mich nicht? Ich bin ja die Tote... Sie müssen mir darum nicht die Hand küssen... Wo ist denn meine Gruft? Hat man die auch unterschlagen? Gott sei Dank, es ist gar nicht der Friedhof. Das ist ja der Park in Mentone. Der Papa wird sich freuen, daß ich nicht begraben bin. Vor den Schlangen habe ich keine Angst. Wenn mich nur keine in den Fuß beißt. O weh.

Was ist denn? Wo bin ich denn? Habe ich geschlafen? Ja. Geschlafen habe ich. Ich muß sogar geträumt haben. Mir ist so kalt in den Füßen. Im rechten Fuß ist mir kalt. Wieso denn? Da ist am Knöchel ein kleiner Riß im Strumpf. Warum sitze ich denn noch im Wald? Es muß ja längst geläutet haben zum Dinner. Dinner.

O Gott, wo war ich denn? So weit war ich fort. Was hab ich denn geträumt? Ich glaube, ich war schon tot. Und keine Sorgen habe ich gehabt und mir nicht den Kopf zerbrechen müssen. Dreißigtausend, dreißigtausend... ich habe sie noch nicht. Ich muß sie mir erst verdienen. Und da sitz' ich allein am Waldesrand. Das Hotel leuchtet bis her. Ich muß zurück. Es ist schrecklich, daß ich zurück muß. Aber es ist keine Zeit mehr zu verlieren. Herr von Dorsday erwartet meine Entscheidung. Entscheidung. Entscheidung! Nein. Nein, Herr von Dorsday, kurz und gut, nein. Sie haben gescherzt, Herr von Dorsday, selbstverständlich. Ja, das werde ich ihm sagen. Oh, das ist ausgezeichnet. Ihr Scherz war nicht sehr vornehm, Herr von Dorsday, aber ich will Ihnen verzeihen. Ich telegraphiere morgen früh an Papa, Herr von Dorsday, daß das Geld pünktlich in Doktor Fialas Händen sein wird. Wunderbar. Das sage ich ihm. Da bleibt ihm nichts übrig, er muß das Geld abschicken. Muß? Muß er? Warum muß er denn? Und wenn er's täte, so würde er sich dann rächen irgendwie. Er würde es so einrichten, daß das Geld zu spät kommt. Oder er würde das Geld schicken und dann überall erzählen, daß er mich gehabt hat. Aber er schickt ja das Geld gar nicht ab. Nein, Fräulein Else, so haben wir nicht gewettet. Telegraphieren Sie dem Papa, was Ihnen beliebt, ich schicke das Geld nicht ab. Sie sollen nicht glauben, Fräulein Else, daß ich mich von so einem kleinen Mädel übertölpeln lasse, ich, der Vicomte von Eperies.

Ich muß vorsichtig gehen. Der Weg ist ganz

dunkel. Sonderbar, es ist mir wohler als vorher. Es hat sich doch gar nichts geändert und mir ist wohler. Was habe ich denn nur geträumt? Von einem Matador? Was war denn das für ein Matador? Es ist doch weiter zum Hotel, als ich gedacht habe. Sie sitzen gewiß noch alle beim Diner. Ich werde mich ruhig an den Tisch setzen und sagen, daß ich Migräne gehabt habe und lasse mir nachservieren. Herr von Dorsday wird am Ende selbst zu mir kommen und mir sagen, daß das Ganze nur ein Scherz war. Entschuldigen Sie, Fräulein Else, entschuldigen Sie den schlechten Spaß, ich habe schon an meine Bank telegraphiert. Aber er wird es nicht sagen. Er hat nicht telegraphiert. Es ist alles noch genau so wie früher. Er wartet. Herr von Dorsday wartet. Nein, ich will ihn nicht sehen. Ich kann ihn nicht mehr sehen. Ich will niemanden mehr sehen. Ich will nicht mehr ins Hotel, ich will nicht mehr nach Hause, ich will nicht nach Wien, zu niemandem will ich, zu keinem Menschen, nicht zu Papa und nicht zu Mama, nicht zu Rudi und nicht zu Fred, nicht zu Berta und nicht zu Tante Irene. Die ist noch die beste, die würde alles verstehen. Aber ich habe nichts mehr mit ihr zu tun und mit niemandem mehr. Wenn ich zaubern könnte, wäre ich ganz woanders in der Welt. Auf irgendeinem herrlichen Schiff im Mittelländischen Meer, aber nicht allein. Mit Paul zum Beispiel. Ja, das könnte ich mir ganz gut vorstellen. Oder ich wohnte in einer Villa am Meer, und wir lägen auf den Marmorstufen, die ins Wasser führen, und er hielte mich fest in seinen Armen und bisse mich in die Lippen, wie es Albert vor zwei Jahren getan hat beim Klavier, der unverschämte Kerl. Nein. Allein möchte ich am Meer liegen auf den Marmorstufen und warten. Und endlich käme einer oder mehrere, und ich hätte die Wahl und die andern, die ich verschmähe, die stürzen sich aus Verzweiflung alle ins Meer. Oder sie müßten Geduld haben bis zum nächsten Tag. Ach, was wäre das für ein köstliches Leben. Wozu habe ich denn meine herrlichen Schultern und meine schönen schlanken Beine? Und wozu bin ich denn überhaupt auf der Welt? Und es geschähe ihnen ganz recht, ihnen allen, sie haben mich ja doch nur daraufhin erzogen, daß ich mich verkaufe, so oder so. Vom Theaterspielen haben sie nichts wissen wollen. Da haben sie mich ausgelacht. Und es wäre ihnen ganz recht gewesen im vorigen Jahr, wenn ich den Direktor Wilomitzer geheiratet hätte, der bald fünfzig ist. Nur daß sie mir nicht zugeredet haben. Da hat sich der Papa doch geniert. Aber die Mama hat ganz deutliche Anspielungen gemacht.

Wie riesig es dasteht das Hotel, wie eine ungeheuere beleuchtete Zauberburg. Alles ist so riesig. Die Berge auch. Man könnte sich fürchten. Noch nie waren sie so schwarz. Der Mond ist noch nicht da. Der geht erst zur Vorstellung auf, zur großen Vorstellung auf der Wiese, wenn der Herr von Dorsday seine Sklavin nackt tanzen läßt. Was geht mich denn der Herr Dorsday an? Nun, Mademoiselle Else, was machen Sie denn für Geschichten? Sie waren doch schon bereit, auf und davon zu gehen, die Geliebte von fremden Männern zu werden, von einem nach dem andern. Und auf die Kleinigkeit, die Herr von Dorsday von Ihnen verlangt, kommt es Ihnen an? Für einen Perlenschmuck, für schöne Kleider, für eine Villa am Meer sind Sie bereit, sich zu verkaufen? Und das Leben Ihres Vaters ist Ihnen nicht so viel wert? Es wäre gerade der richtige Anfang. Es wäre dann gleich die Rechtfertigung für alles andere. Ihr wart es, könnt ich sagen, Ihr habt mich dazu gemacht, Ihr alle seid schuld, daß ich so geworden bin, nicht nur Papa und Mama. Auch der Rudi ist schuld und der Fred und alle, alle, weil sich ja niemand um einen kümmert. Ein bißchen Zärtlichkeit, wenn man hübsch aussieht, und ein bißl Besorgtheit, wenn man Fieber hat, und in die Schule schicken sie einen, und zu Hause lernt man Klavier und Französisch, und im Sommer geht man auf's Land und zum Geburtstag kriegt man Geschenke und bei Tisch reden sie über allerlei. Aber was in mir vorgeht und was in mir wühlt und Angst hat, habt ihr euch darum je gekümmert? Manchmal im Blick von Papa war eine Ahnung davon, aber ganz flüchtig. Und dann war gleich wieder der Beruf da, und die Sorgen und das Börsenspiel – und wahrscheinlich irgendein Frauenzimmer ganz im geheimen, ›nichts sehr Feines unter uns‹, – und ich war wieder allein. Nun, was tätst du Papa, was tätst du heute, wenn ich nicht da wäre?

Da stehe ich, ja da stehe ich vor dem Hotel. – Furchtbar da hineingehen zu müssen, alle die Leute sehen, den Herrn von Dorsday, die Tante, Cissy. Wie schön war das früher auf der Bank am Waldesrand, wie ich schon tot war. Matador – wenn ich nur drauf käm', was – eine Regatta war es, richtig und ich habe vom Fenster aus zugesehen. Aber wer war der Matador? – Wenn ich nur nicht so müd wäre, so furchtbar müde. Und da soll ich bis Mitternacht aufbleiben und mich dann ins Zimmer von Herrn von Dorsday schleichen? Vielleicht begegne ich der Cissy auf dem Gang. Hat sie was an unter dem Schlafrock, wenn sie zu ihm kommt? Es ist schwer, wenn man in solchen Dingen nicht geübt ist. Soll ich sie nicht um Rat fragen, die Cissy? Natürlich würde ich nicht sagen, daß es sich um Dorsday handelt, sondern sie müßte sich denken, ich habe ein nächtliches Rendezvous mit einem von den hübschen jungen Leuten hier im Hotel. Zum Beispiel mit dem langen blonden Menschen, der die leuchtenden Augen hat. Aber der ist ja nicht mehr da. Plötzlich war er verschwunden. Ich habe doch gar nicht an ihn gedacht bis zu diesem Augenblick. Aber es ist leider nicht der lange blonde Mensch mit den leuchtenden Augen, auch der Paul ist es nicht, es ist der Herr von Dorsday. Also wie mach' ich es denn? Was sage ich ihm? Einfach ja? Ich kann doch nicht zu Herrn Dorsday ins Zimmer kommen. Er hat sicher lauter elegante Flakons auf dem Waschtisch, und das Zimmer riecht nach französischem Parfüm. Nein, nicht um die Welt zu ihm. Lieber im Freien. Da geht er mich nichts an. Der Himmel ist so hoch und die Wiese ist so groß. Ich muß gar nicht an den Herrn Dorsday denken. Ich muß ihn nicht einmal anschauen.

Und wenn er es wagen würde, mich anzurühren, einen Tritt bekäme er mit meinen nackten Füßen. Ach, wenn es doch ein anderer wäre, irgendein anderer. Alles, alles könnte er von mir haben heute nacht, jeder andere, nur Dorsday nicht. Und gerade der! Gerade der! Wie seine Augen stechen und bohren werden. Mit dem Monokel wird er dastehen und grinsen. Aber nein, er wird nicht grinsen. Er wird ein vornehmes Gesicht schneiden. Elegant. Er ist ja solche Dinge gewohnt. Wie viele hat er schon so gesehen? Hundert oder tausend? Aber war schon eine darunter wie ich? Nein, gewiß nicht. Ich werde ihm sagen, daß er nicht der erste ist, der mich so sieht. Ich werde ihm sagen, daß ich einen Geliebten habe. Aber erst, wenn die dreißigtausend Gulden an Fiala abgesandt sind. Dann werde ich ihm sagen, daß er ein Narr war, daß er mich auch hätte haben können um dasselbe Geld. – Daß ich schon zehn Liebhaber gehabt habe, zwanzig, hundert. – Aber das wird er mir ja alles nicht glauben. – Und wenn er es mir glaubt, was hilft es mir? – Wenn ich ihm nur irgendwie die Freude verderben könnte. Wenn noch einer dabei wäre? Warum nicht? Er hat ja nicht gesagt, daß er mit mir allein sein muß. Ach, Herr von Dorsday, ich habe solche Angst vor

Ihnen. Wollen Sie mir nicht freundlichst gestatten, einen guten Bekannten mitzubringen? Oh, das ist keineswegs gegen die Abrede, Herr von Dorsday. Wenn es mir beliebte, dürfte ich das ganze Hotel dazu einladen, und Sie wären trotzdem verpflichtet, die dreißigtausend Gulden abzuschicken. Aber ich begnüge mich damit, meinen Vetter Paul mitzubringen. Oder ziehen Sie etwa einen andern vor? Der lange blonde Mensch ist leider nicht mehr da und der Filou mit dem Römerkopf leider auch nicht. Aber ich find' schon noch wen andern. Sie fürchten Indiskretion? Darauf kommt es ja nicht an. Ich lege keinen Wert auf Diskretion. Wenn man einmal soweit ist wie ich, dann ist alles ganz egal. Das ist heute ja nur der Anfang. Oder denken Sie, aus diesem Abenteuer fahre ich wieder nach Hause als anständiges Mädchen aus guter Familie? Nein, weder gute Familie noch anständiges junges Mädchen. Das wäre erledigt. Ich stelle mich jetzt auf meine eigenen Beine. Ich habe schöne Beine, Herr von Dorsday, wie Sie und die übrigen Teilnehmer des Festes bald zu bemerken Gelegenheit haben werden. Also die Sache ist in Ordnung, Herr von Dorsday. Um zehn Uhr, während alles noch in der Halle sitzt, wandern wir im Mondenschein über die Wiese, durch den Wald nach Ihrer berühmten selbstentdeckten Lichtung. Das Telegramm an die Bank bringen Sie für alle Fälle gleich mit. Denn eine Sicherheit darf ich doch wohl verlangen von einem solchen Spitzbuben wie Sie. Und um Mitternacht können Sie wieder nach Hause gehen, und ich bleibe mit meinem Vetter oder sonstwem auf der Wiese im Mondenschein. Sie haben doch nichts dagegen, Herr von Dorsday? Das dürfen Sie gar nicht. Und wenn ich morgen früh zufällig tot sein sollte, so wundern sie sich weiter nicht. Dann wird eben Paul das Telegramm aufgeben. Dafür wird schon gesorgt sein. Aber bilden Sie sich dann um Gottes willen nicht ein, daß Sie, elender Kerl, mich in den Tod getrieben haben. Ich weiß ja schon lange, daß es so mit mir enden wird. Fragen Sie doch nur meinen Freund Fred, ob ich es ihm nicht schon öfters gesagt habe. Fred, das ist nämlich Herr Friedrich Wenkheim, nebstbei der einzige anständige Mensch, den ich in meinem Leben kennengelernt habe. Der einzige, den ich geliebt hätte, wenn er nicht ein gar so anständiger Mensch wäre. Ja, ein so verworfenes Geschöpf bin ich. Bin nicht geschaffen für eine bürgerliche Existenz, und Talent habe ich auch keines. Für unsere Familie wäre es sowieso das beste, sie stürbe aus. Mit dem Rudi wird auch schon irgendein Malheur geschehen. Der wird sich in Schulden stürzen für eine holländische Chansonette und bei Vanderhulst defraudieren. Das ist schon so in unserer Familie. Und der jüngste Bruder von meinem Vater, der hat sich erschossen, wie er fünfzehn Jahre alt war. Kein Mensch weiß, warum. Ich habe ihn nicht gekannt. Lassen Sie sich die Photographie zeigen, Herr von Dorsday. Wir haben sie in einem Album... Ich soll ihm ähnlich sehen. Kein Mensch weiß, warum er sich umgebracht hat. Und von mir wird es auch keiner wissen. Ihretwegen keinesfalls, Herr von Dorsday. Die Ehre tue ich Ihnen nicht an. Ob mit neunzehn oder einundzwanzig, das ist doch egal. Oder soll ich Bonne werden oder Telephonistin oder einen Herrn Wilomitzer heiraten oder mich von Ihnen aushalten lassen? Es ist alles gleich ekelhaft, und ich komme überhaupt gar nicht mit Ihnen auf die Wiese. Nein, das ist alles viel zu anstrengend und zu dumm und zu widerwärtig. Wenn ich tot bin, werden Sie schon die Güte haben und die paar tausend Gulden für den Papa absenden, denn es wäre doch zu traurig, wenn er gerade an dem Tage verhaftet würde, an dem man meine Leiche nach

Wien bringt. Aber ich werde einen Brief hinterlassen mit testamentarischer Verfügung: Herr von Dorsday hat das Recht, meinen Leichnam zu sehen. Meinen schönen nackten Mädchenleichnam. So können Sie sich nicht beklagen, Herr von Dorsday, daß ich Sie übers Ohr gehaut habe. Sie haben doch was für Ihr Geld. Daß ich noch lebendig sein muß, das steht nicht in unserem Kontrakt. O nein. Das steht nirgends geschrieben. Also den Anblick meines Leichnams vermache ich dem Kunsthändler Dorsday, und Herrn Fred Wenkheim vermache ich mein Tagebuch aus meinem siebzehnten Lebensjahr – weiter habe ich nicht geschrieben –, und dem Fräulein bei Cissy vermache ich die fünf Zwanzigfranksstücke, die ich vor Jahren aus der Schweiz mitgebracht habe. Sie liegen im Schreibtisch neben den Briefen. Und Bertha vermache ich das schwarze Abendkleid. Und Agathe meine Bücher. Und meinem Vetter Paul, dem vermache ich einen Kuß auf meine blassen Lippen. Und der Cissy vermache ich mein Rakett, weil ich edel bin. Und man soll mich gleich hier begraben in San Martino di Castrozza auf dem schönen kleinen Friedhof. Ich will nicht mehr zurück nach Hause. Auch als Tote will ich nicht mehr zurück. Und Papa und Mama sollen sich nicht kränken, mir geht es besser als ihnen. Und ich verzeihe ihnen. Es ist nicht schade um mich. – Haha, was für ein komisches Testament. Ich bin wirklich gerührt. Wenn ich denke, daß ich morgen um die Zeit, während die andern beim Diner sitzen, schon tot bin? – Die Tante Emma wird natürlich nicht zum Diner herunterkommen und Paul auch nicht. Sie werden sich auf dem Zimmer servieren lassen. Neugierig bin ich, wie sich Cissy benehmen wird. Nur werde ich es leider nicht erfahren. Gar nichts mehr werde ich erfahren. Oder vielleicht weiß man noch alles, solange man nicht begraben ist? Und am Ende bin ich nur scheintot. Und wenn der Herr von Dorsday an meinen Leichnam tritt, so erwache ich und schlage die Augen auf, da läßt er vor Schreck das Monokel fallen.

Aber es ist ja leider alles nicht wahr. Ich werde nicht scheintot sein und tot auch nicht. Ich werde mich überhaupt gar nicht umbringen, ich bin ja viel zu feig. Wenn ich auch eine couragierte Kletterin bin, feig bin ich doch. Und vielleicht habe ich nicht einmal genug Veronal. Wieviel Pulver braucht man denn? Sechs glaube ich. Aber zehn ist sicherer. Ich glaube, es sind noch zehn. Ja, das werden genug sein.

Zum wievielten Mal lauf' ich jetzt eigentlich um das Hotel herum? Also was jetzt? Da steh' ich vor dem Tor. In der Halle ist noch niemand. Natürlich – sie sitzen ja noch alle beim Diner. Seltsam sieht die Halle aus so ganz ohne Menschen. Auf dem Sessel dort liegt ein Hut, ein Touristenhut, ganz fesch. Hübscher Gemsbart. Dort im Fauteuil sitzt ein alter Herr. Hat wahrscheinlich keinen Appetit mehr. Liest Zeitung. Dem geht's gut. Er hat keine Sorgen. Er liest ruhig Zeitung, und ich muß mir den Kopf zerbrechen, wie ich dem Papa dreißigtausend Gulden verschaffen soll. Aber nein. Ich weiß ja, wie. Es ist ja so furchtbar einfach. Was will ich denn? Was will ich denn? Was tu' ich denn da in der Halle? Gleich werden sie alle kommen vom Diner. Was soll ich denn tun? Herr von Dorsday sitzt gewiß auf Nadeln. Wo bleibt sie, denkt er sich. Hat sie sich am Ende umgebracht? Oder engagiert sie jemanden, daß er mich umbringt? Oder hetzt sie ihren Vetter Paul auf mich? Haben Sie keine Angst, Herr von Dorsday, ich bin keine so gefährliche Person. Ein kleines Luder bin ich, weiter nichts. Für die Angst, die Sie ausgestanden haben, sollen Sie auch Ihren Lohn haben. Zwölf Uhr, Zimmer Nummer fünfundsechzig. Im Freien wäre es mir doch zu kühl.

Und von Ihnen aus, Herr von Dorsday, begebe ich mich direkt zu meinem Vetter Paul. Sie haben doch nichts dagegen, Herr von Dorsday?

»*Else! Else!*«

Wie? Was? Das ist ja Pauls Stimme. Das Diner schon aus? – »*Else!*« – »Ach, Paul, was gibt's denn, Paul?« – Ich stell' mich ganz unschuldig. – »*Ja, wo steckst du denn, Else?*« – »Wo soll ich denn stecken? Ich bin spazierengegangen.« – »*Jetzt, während des Diners?*« – »Na, wann denn? Es ist doch die schönste Zeit dazu.« Ich red' Blödsinn. – »*Die Mama hat sich schon alles Mögliche eingebildet. Ich war an deiner Zimmertür, hab' geklopft.*« – »Hab' nichts gehört.« – »*Aber im Ernst, Else, wie kannst du uns in eine solche Unruhe versetzen! Du hättest Mama doch wenigstens verständigen können, daß du nicht zum Diner kommst.*« – »Du hast ja Recht, Paul, aber wenn du eine Ahnung hättest, was ich für Kopfschmerzen gehabt habe.« Ganz schmelzend red' ich. Oh, ich Luder. – »*Ist dir jetzt wenigstens besser?*« – »Könnt' ich eigentlich nicht sagen.« – »*Ich will vor allem der Mama*« – »Halt Paul, noch nicht. Entschuldige mich bei der Tante, ich will nur für ein paar Minuten auf mein Zimmer, mich ein bißl herrichten. Dann komme ich gleich herunter und werde mir eine Kleinigkeit nachservieren lassen.« – »*Du bist so blaß, Else? – Soll ich dir die Mama hinaufschicken?*« – »Aber mach' doch keine solchen Geschichten mit mir, Paul, und schau' mich nicht so an. Hast du noch nie ein weibliches Wesen mit Kopfschmerzen gesehen? Ich komme bestimmt noch herunter. In zehn Minuten spätestens. Grüß dich Gott, Paul.« – »*Also auf Wiedersehen, Else.*« – Gott sei Dank, daß er geht. Dummer Bub', aber lieb. Was will denn der Portier von mir? Wie, ein Telegramm? »Danke. Wann ist denn die Depesche gekommen, Herr Portier?« – »*Vor einer Viertelstunde, Fräulein.*« – Warum schaut er mich denn so an, so – bedauernd. Um Himmels willen, was wird denn da drinstehn? Ich mach' sie erst oben auf, sonst fall' ich vielleicht in Ohnmacht. Am Ende hat sich der Papa – Wenn der Papa tot ist, dann ist ja alles in Ordnung, dann muß ich nicht mehr mit Herrn von Dorsday auf die Wiese gehn … Oh, ich elende Person. Lieber Gott, mach', daß in der Depesche nichts Böses steht. Lieber Gott, mach', daß der Papa lebt. Verhaftet meinetwegen, nur nicht tot. Wenn nichts Böses drinsteht, dann will ich ein Opfer bringen. Ich werde Bonne, ich nehme eine Stellung in einem Bureau an. Sei nicht tot, Papa. Ich bin ja bereit. Ich tue ja alles, was du willst...

Gott sei Dank, daß ich oben bin. Licht gemacht, Licht gemacht. Kühl ist es geworden. Das Fenster war zu lange offen. Courage, Courage. Ha, vielleicht steht drin, daß die Sache geordnet ist. Vielleicht hat der Onkel Bernhard das Geld hergegeben und sie telegraphieren mir: Nicht mit Dorsday reden. Ich werde es ja gleich sehen. Aber wenn ich auf den Plafond schaue, kann ich natürlich nicht lesen, was in der Depesche steht. Trala, trala, Courage. Es muß ja sein. ›Wiederhole flehentliche Bitte, mit Dorsday reden. Summe nicht dreißig, sondern fünfzig. Sonst alles vergeblich. Adresse bleibt Fiala.‹ – Sondern fünfzig. Sonst alles vergeblich. Trala, trala. Fünfzig. Adresse bleibt Fiala. Aber gewiß, ob fünfzig oder dreißig, darauf kommt es ja nicht an. Auch dem Herrn von Dorsday nicht. Das Veronal liegt unter der Wäsche, für alle Fälle. Warum habe ich nicht gleich gesagt: fünfzig. Ich habe doch daran gedacht! Sonst alles vergeblich. Also hinunter, geschwind, nicht da auf dem Bett sitzen bleiben. Ein kleiner Irrtum, Herr von Dorsday, verzeihen Sie. Nicht dreißig, sondern fünfzig, sonst alles vergeblich. Adresse bleibt Fiala. – ›Sie halten mich wohl für einen Narren, Fräulein Else?‹ Keineswegs, Herr Vicomte, wie sollte ich. Für fünfzig müßte ich jedesfalls entsprechend mehr fordern, Fräulein. Sonst alles vergeblich, Adresse bleibt Fiala. Wie Sie wünschen, Herr von Dorsday. Bitte, befehlen Sie nur. Vor allem aber, schreiben Sie die Depesche an Ihr Bankhaus, natürlich, sonst habe ich ja keine Sicherheit. –

Ja, so mach' ich es. Ich komme zu ihm ins Zimmer und erst, wenn er vor meinen Augen die Depesche geschrieben – ziehe ich mich aus. Und die Depesche behalte ich in der Hand. Ha, wie unappetitlich. Und wo soll ich denn meine Kleider hinlegen? Nein, nein, ich ziehe mich schon hier aus und nehme den großen schwarzen Mantel um, der mich ganz einhüllt. So ist es am bequemsten. Für beide Teile. Adresse bleibt Fiala. Mir klappern die Zähne. Das Fenster ist noch offen. Zugemacht. Im Freien? Den Tod hätte ich davon haben können. Schuft! Fünfzigtausend. Er kann nicht nein sagen. Zimmer fünfundsechzig. Aber vorher sag' ich Paul, er soll in seinem Zimmer auf mich warten. Von Dorsday geh' ich direkt zu Paul und erzähle ihm alles. Und dann soll Paul ihn ohrfeigen. Ja, noch heute nacht. Ein reichhaltiges

Programm. Und dann kommt das Veronal. Nein, wozu denn? Warum denn sterben? Keine Spur. Lustig, lustig, jetzt fängt ja das Leben erst an. Ihr sollt Euere Freude haben. Ihr sollt stolz werden auf Euer Töchterlein. Ein Luder will ich werden, wie es die Welt noch nicht gesehen hat. Adresse bleibt Fiala. Du sollst deine fünfzigtausend Gulden haben, Papa. Aber die nächsten, die ich mir verdiene, um die kaufe ich mir neue Nachthemden, mit Spitzen besetzt, ganz durchsichtig und köstliche Seidenstrümpfe. Man lebt nur einmal. Wozu schaut man denn so aus wie ich. Licht gemacht, – die Lampe über dem Spiegel schalt' ich ein. Wie schön meine blondroten Haare sind, und meine Schultern; meine Augen sind auch nicht übel. Hu, wie groß sie sind. Es wär' schad' um mich. Zum Veronal ist immer noch Zeit. – Aber ich muß ja hinunter. Tief hinunter. Herr Dorsday wartet, und er weiß noch nicht einmal, daß es indes fünfzigtausend geworden sind. Ja, ich bin im Preis gestiegen, Herr von Dorsday. Ich muß ihm das Telegramm zeigen, sonst glaubt er mir am Ende nicht und denkt, ich will ein Geschäft bei der Sache machen. Ich werde die Depesche auf sein Zimmer schicken und etwas dazu schreiben. Zu meinem lebhaften Bedauern sind es nun fünfzigtausend geworden, Herr von Dorsday, das kann Ihnen ja ganz egal sein. Und ich bin überzeugt, Ihre Gegenforderung war gar nicht ernst gemeint. Denn Sie sind ein Vicomte und ein Gentleman. Morgen früh werden Sie die fünfzigtausend, an denen das Leben meines Vaters hängt, ohne weiters an Fiala senden. Ich rechne darauf. – ›Selbstverständlich, mein Fräulein, ich sende für alle Fälle gleich hunderttausend, ohne jede Gegenleistung und verpflichte mich überdies, von heute an für den Lebensunterhalt Ihrer ganzen Familie zu sorgen, die Börsenschulden Ihres Herrn Papas zu zahlen und sämtliche veruntreute Mündelgelder zu ersetzen.‹ Adresse bleibt Fiala. Hahaha! Ja, genauso ist der Vicomte von Eperies. Das ist ja alles Unsinn. Was bleibt mir denn übrig? Es muß ja sein, ich muß es ja tun, alles muß ich tun, was Herr von Dorsday verlangt, damit der Papa morgen das Geld hat, – damit er nicht eingesperrt wird, damit er sich nicht umbringt. Und ich werde es auch tun. Ja, ich werde es tun, obzwar doch alles für die Katz' ist. In einem halben Jahr sind wir wieder geradesoweit wie heute! In vier Wochen! – Aber dann geht es mich nichts mehr an. Das eine Opfer bringe ich – und dann keines mehr. Nie, nie, niemals wieder. Ja, das sage ich dem Papa, sobald ich nach Wien komme. Und dann fort aus dem Haus, wo immer hin. Ich werde mich mit Fred beraten. Er ist der einzige, der mich wirklich gern hat. Aber so weit bin ich ja noch nicht. Ich bin nicht in Wien, ich bin noch in Martino di Castrozza. Noch nichts ist geschehen. Also wie, wie, was? Da ist das Telegramm. Was tue ich denn mit dem Telegramm? Ich habe es ja schon gewußt. Ich muß es ihm auf sein Zimmer schikken. Aber was sonst? Ich muß ihm etwas dazu schreiben. Nun ja, was soll ich ihm schreiben? Erwarten Sie mich um zwölf. Nein, nein, nein! Den Triumph soll er nicht haben. Ich will nicht, will nicht, will nicht. Gott sei Dank, daß ich die Pulver da habe. Das ist die einzige Rettung. Wo sind sie denn? Um Gottes willen, man wird sie mir doch nicht gestohlen haben. Aber nein, da sind sie ja. Da in der Schachtel. Sind sie noch alle da? Ja, da sind sie. Eins, zwei, drei, vier, fünf, sechs. Ich will sie ja nur ansehen, die lieben Pulver. Es verpflichtet ja zu nichts. Auch daß ich sie ins Glas schütte, verpflichtet ja zu nichts. Eins, zwei, – aber ich bringe mich ja sicher nicht um. Fällt mir gar nicht ein. Drei, vier, fünf – davon stirbt man auch noch lange nicht. Es wäre schrecklich, wenn ich das Veronal nicht mehr hätte. Da müßte ich mich zum Fenster hinunterstürzen und dazu hätt' ich doch nicht den Mut. Aber das Veronal, – man schläft langsam ein, wacht nicht mehr auf, keine Qual, kein Schmerz. Man legt sich ins Bett; in einem Zuge trinkt man es aus, träumt, und alles ist vorbei. Vorgestern habe ich auch ein Pulver genommen und neulich sogar zwei. Pst, niemandem sagen. Heut' werden es halt ein bißl mehr sein. Es ist ja nur für alle Fälle. Wenn es mich gar, gar zu sehr grausen sollte. Aber warum soll es mich denn grausen? Wenn er mich anrührt, so spucke ich ihm ins Gesicht. Ganz einfach.

Aber wie soll ich ihm denn den Brief zukommen lassen? Ich kann doch nicht dem Herrn von Dorsday durch das Stubenmädchen einen Brief schicken. Das Beste, ich gehe hinunter und rede mit ihm und zeige ihm das Telegramm. Hinunter muß ich ja jedenfalls. Ich kann doch nicht da heroben im Zimmer bleiben. Ich hielte es ja gar nicht aus, drei Stunden lang – bis der Moment kommt. Auch wegen der Tante muß ich hinunter. Ha, was geht mich denn die Tante an. Was gehen mich die Leute an? Sehen Sie, meine Herrschaften, da steht das Glas mit dem Veronal. So, jetzt nehme ich es in die Hand. So, jetzt führe ich es an die Lippen. Ja, jeden Moment kann ich drüben sein, wo es keine Tanten gibt und keinen Dorsday und keinen Vater, der Mündelgelder defraudiert...

Aber ich werde mich nicht umbringen. Das habe ich nicht notwendig. Ich werde auch nicht zu Herrn von Dorsday ins Zimmer gehen. Fällt mir gar nicht ein. Ich werde mich doch nicht um fünfzigtausend Gulden nackt hinstellen vor einen alten Lebemann, um einen Lumpen vor dem Kriminal zu retten. Nein, nein, entweder oder. Wie kommt denn der Herr von Dorsday dazu? Gerade der? Wenn einer mich sieht, dann sollen mich auch andere sehen. Ja! – Herrlicher Gedanke! – Alle sollen sie mich sehen. Die ganze Welt soll mich sehen. Und dann kommt das Veronal. Nein, nicht das Veronal, – wozu denn?! dann kommt die Villa mit den Marmorstufen und die schönen Jünglinge und die Freiheit und die weite Welt! Guten Abend, Fräulein Else, so gefallen Sie mir. Haha. Da unten werden sie meinen, ich bin verrückt geworden. Aber ich war noch nie so vernünftig. Zum erstenmal in meinem Leben bin ich wirklich vernünftig. Alle, alle sollen sie mich sehen! – Dann gibt es kein Zurück, kein nach Hause zu Papa und Mama, zu den Onkeln und Tanten. Dann bin ich nicht mehr das Fräulein

Else, das man an irgendeinen Direktor Wilomitzer verkuppeln möchte; alle hab' ich sie so zum Narren; – den Schuften Dorsday vor allem – und komme zum zweitenmal auf die Welt ... sonst alles vergeblich – Adresse bleibt Fiala. Haha!

Keine Zeit mehr verlieren, nicht wieder feig werden. Herunter das Kleid. Wer wird der erste sein? Wirst du es sein, Vetter Paul? Dein Glück, daß der Römerkopf nicht mehr da ist. Wirst du diese schönen Brüste küssen heute nacht? Ah, wie bin ich schön. Bertha hat ein schwarzes Seidenhemd. Raffiniert. Ich werde noch viel raffinierter sein. Herrliches Leben. Fort mit den Strümpfen, das wäre unanständig. Nackt, ganz nackt. Wie wird mich Cissy beneiden! Und andere auch. Aber sie trauen sich nicht. Sie möchten ja alle so gern. Nehmt Euch ein Beispiel. Ich, die Jungfrau, ich traue mich. Ich werde mich ja zu Tod lachen über Dorsday. Da bin ich, Herr von Dorsday. Rasch auf die Post. Fünfzigtausend. So viel ist es doch wert?

Schön, schön bin ich! Schau' mich an, Nacht! Berge, schaut mich an! Himmel, schau' mich an, wie schön ich bin. Aber ihr seid ja blind. Was habe ich von euch. Die da unten haben Augen. Soll ich mir die Haare lösen? Nein. Da säh ich aus wie eine

Verrückte. Aber Ihr sollt mich nicht für verrückt halten. Nur für schamlos sollt Ihr mich halten. Für eine Kanaille. Wo ist das Telegramm? Um Gottes willen, wo habe ich denn das Telegramm? Da liegt es ja, friedlich neben dem Veronal. ›Wiederhole flehentlich – fünfzigtausend – sonst alles vergeblich. Adresse bleibt Fiala.‹ Ja, das ist das Telegramm. Das ist ein Stück Papier und da stehen Worte darauf. Aufgegeben in Wien vier Uhr dreißig. Nein, ich träume nicht, es ist alles wahr. Und zu Hause warten sie auf die fünfzigtausend Gulden. Und Herr von Dorsday wartet auch. Er soll nur warten. Wir haben ja Zeit. Ah, wie hübsch ist es, so nackt im Zimmer auf- und abzuspazieren. Bin ich wirklich so schön wie im Spiegel? Ach, kommen Sie doch näher, schönes Fräulein. Ich will Ihre blutroten Lippen küssen. Ich will Ihre Brüste an meine Brüste pressen. Wie schade, daß das Glas zwischen uns ist, das kalte Glas. Wie gut würden wir uns miteinander vertragen. Nicht wahr? Wir brauchten gar niemanden andern. Es gibt vielleicht gar keine andern Menschen. Es gibt Telegramme und Hotels und Berge und Bahnhöfe und Wälder, aber Menschen gibt es nicht. Die träumen wir nur. Nur der Doktor Fiala existiert mit der Adresse. Es bleibt immer dieselbe. Oh, ich bin keineswegs verrückt. Ich bin nur ein wenig erregt. Das ist doch ganz selbstverständlich, bevor man zum zweitenmal auf die Welt kommt. Denn die frühere Else ist schon gestorben. Ja, ganz bestimmt bin ich tot. Da braucht man kein Veronal dazu. Soll ich es nicht weggießen? Das Stubenmädel könnte es aus Versehen trinken. Ich werde einen Zettel hinlegen und darauf schreiben: Gift; nein, lieber: Medizin, – damit dem Stubenmädel nichts geschieht. So edel bin ich. So. Medizin, zweimal unterstrichen und drei Ausrufungszeichen. Jetzt kann nichts passieren. Und wenn ich dann heraufkomme und keine Lust habe, mich umzubringen und nur schlafen will, dann trinke ich eben nicht das ganze Glas aus, sondern nur ein Viertel davon oder noch weniger. Ganz einfach. Alles habe ich in meiner Hand. Am einfachsten wäre, ich liefe hinunter – so wie ich bin, über Gang und Stiegen. Aber nein, da könnte ich aufgehalten werden, ehe ich unten bin – und ich muß doch die Sicherheit haben, daß der Herr von Dorsday dabei ist! Sonst schickt er natürlich das Geld nicht ab, der Schmutzian. – Aber ich muß ihm ja noch schreiben. Das ist doch das Wichtigste. Oh, kalt ist die Sessellehne, aber angenehm. Wenn ich meine Villa am italienischen

See haben werde, dann werde ich in meinem Park immer nackt herumspazieren... Die Füllfeder vermache ich Fred, wenn ich einmal sterbe. Aber vorläufig habe ich etwas Gescheiteres zu tun, als zu sterben. ›Hochverehrter Herr Vicomte‹ – also vernünftig Else, keine Aufschrift, weder hochverehrt, noch hochverachtet. ›Ihre Bedingung, Herr von Dorsday, ist erfüllt.‹ – – – ›In dem Augenblick, da Sie diese Zeilen lesen, Herr von Dorsday, ist Ihre Bedingung erfüllt, wenn auch nicht ganz in der von Ihnen vorgesehenen Weise.‹ – ›Nein, wie gut das Mädel schreibt‹, möcht' der Papa sagen. – ›Und so rechne ich darauf, daß Sie Ihrerseits Ihr Wort halten und die fünfzigtausend Gulden telegraphisch an die bekannte Adresse unverzüglich anweisen lassen werden, Else.‹ Nein, nicht Else. Gar keine Unterschrift. So. Mein schönes gelbes Briefpapier! Hab' ich zu Weihnachten bekommen. Schad' drum. So – und jetzt Telegramm und Brief ins Kuvert. – ›Herrn von Dorsday‹, Zimmer Nummer fünfundsechzig. Wozu die Nummer? Ich lege ihm den Brief einfach vor die Tür im Vorbeigehen. Aber ich muß nicht. Ich muß überhaupt gar nichts. Wenn es mir beliebt, kann ich mich jetzt auch ins Bett legen und schlafen und mich um nichts mehr kümmern. Nicht um den

Herrn von Dorsday und nicht um den Papa. Ein gestreifter Sträflingsanzug ist auch ganz elegant. Und erschossen haben sich schon viele. Und sterben müssen wir alle.

Aber du hast das alles vorläufig nicht nötig, Papa. Du hast ja deine herrlich gewachsene Tochter, und Adresse bleibt Fiala. Ich werde eine Sammlung einleiten. Mit dem Teller werde ich herumgehen. Warum sollte nur Herr von Dorsday zahlen? Das wäre ein Unrecht. Jeder nach seinen Verhältnissen. Wieviel wird Paul auf den Teller legen? Und wieviel der Herr mit dem goldenen Zwicker? Aber bildet Euch nur ja nicht ein, daß das Vergnügen lange dauern wird. Gleich hülle ich mich wieder ein, laufe die Treppen hinauf in mein Zimmer, sperre mich ein und, wenn es mir beliebt, trinke ich das ganze Glas auf einen Zug. Aber es wird mir nicht belieben. Es wäre nur eine Feigheit. Sie verdienen gar nicht so viel Respekt, die Schufte. Schämen vor Euch? Ich mich schämen vor irgend wem? Das habe ich wirklich nicht nötig. Laß dir noch einmal in die Augen sehen, schöne Else. Was du für Riesenaugen hast, wenn man näher kommt. Ich wollte, es küßte mich einer auf meine Augen, auf meinen blutroten Mund. Kaum über die Knöchel reicht mein Mantel. Man wird sehen, daß meine Füße nackt sind. Was tut's, man wird noch mehr sehen! Aber ich bin nicht verpflichtet. Ich kann gleich wieder umkehren, noch bevor ich unten bin. Im ersten Stock kann ich umkehren. Ich muß überhaupt nicht hinuntergehen. Aber ich will ja. Ich freue mich darauf. Hab' ich mir nicht mein ganzes Leben lang so was gewünscht?

Worauf warte ich denn noch? Ich bin ja bereit. Die Vorstellung kann beginnen. Den Brief nicht vergessen. Eine aristokratische Schrift, behauptet Fred. Auf Wiedersehen, Else. Du bist schön mit dem Mantel. Florentinerinnen haben sich so malen lassen. In den Galerien hängen ihre Bilder und es ist eine Ehre für sie. – Man muß gar nichts bemerken, wenn ich den Mantel um habe. Nur die Füße, nur die Füße. Ich nehme die schwarzen Lackschuhe, dann denkt man, es sind fleischfarbene Strümpfe. So werde ich durch die Halle gehen, und kein Mensch wird ahnen, daß unter dem Mantel nichts ist, als ich, ich selber. Und dann kann ich immer noch herauf ... – Wer spielt denn da unten so schön Klavier? Chopin? – Herr von Dorsday wird etwas nervös sein. Vielleicht hat er Angst vor Paul. Nur Geduld, Geduld, wird sich alles finden. Ich weiß noch gar nichts, Herr von Dorsday, ich bin selber schrecklich gespannt. Licht ausschalten! Ist alles in Ordnung in meinem Zimmer? Leb' wohl, Veronal, auf Wiedersehen. Leb' wohl, mein heißgeliebtes Spiegelbild. Wie du im Dunkel leuchtest. Ich bin schon ganz gewohnt, unter dem Mantel nackt zu sein. Ganz angenehm. Wer weiß, ob nicht manche so in der Halle sitzen und keiner weiß es? Ob nicht manche Dame so ins Theater geht und so in ihrer Loge sitzt – zum Spaß oder aus anderen Gründen.

Soll ich zusperren? Wozu? Hier wird ja nichts gestohlen. Und wenn auch – ich brauche ja nichts mehr. Schluß ... Wo ist denn Nummer fünfundsechzig? Niemand ist auf dem Gang. Alles noch unten beim Diner. Einundsechzig ... zweiundsechzig ... das sind ja riesige Bergschuhe, die da vor der Türe stehen. Da hängt eine Hose am Haken. Wie unanständig. Vierundsechzig, fünfundsechzig. So. Da wohnt er, der Vicomte ... Da unten lehn' ich den Brief hin, an die Tür. Da muß er ihn gleich sehen. Es wird ihn doch keiner stehlen? So, da liegt er ... Macht nichts ... Ich kann noch immer tun, was ich will. Hab' ich ihn halt zum Narren gehalten ... Wenn ich ihm nur jetzt nicht auf der Treppe begegne. Da kommt ja ... nein, das ist er nicht! ... Der ist viel hübscher als der Herr von Dorsday, sehr elegant, mit dem kleinen schwarzen Schnurrbart. Wann ist denn der angekommen? Ich könnte eine kleine Probe veranstalten – ein ganz klein wenig den Mantel lüften. Ich habe große Lust dazu. Schauen Sie mich nur an, mein Herr. Sie ahnen nicht, an wem Sie da vorübergehen. Schade, daß Sie gerade jetzt sich heraufbemühen. Warum bleiben Sie nicht in der Halle? Sie versäumen etwas. Große Vorstellung. Warum halten Sie mich nicht auf? Mein Schicksal liegt in Ihrer Hand. Wenn Sie mich grüßen, so kehre ich wieder um. So grüßen Sie mich doch. Ich sehe Sie doch so liebenswürdig an... Er grüßt nicht. Vorbei ist er. Er wendet sich um, ich spüre es. Rufen Sie, grüßen Sie! Retten Sie mich! Vielleicht sind Sie an meinem Tode schuld, mein Herr! Aber Sie werden es nie erfahren. Adresse bleibt Fiala...

Wo bin ich? Schon in der Halle? Wie bin ich daher gekommen? So wenig Leute und so viele Unbekannte. Oder sehe ich so schlecht? Wo ist Dorsday? Er ist nicht da. Ist es ein Wink des Schicksals? Ich will zurück. Ich will einen andern Brief an Dorsday schreiben. Ich erwarte Sie in meinem Zimmer um Mitternacht. Bringen Sie die Depesche an Ihre Bank mit. Nein. Er könnte es für eine Falle halten. Könnte auch eine sein. Ich könnte Paul bei mir versteckt haben, und er könnte ihn mit dem Revolver zwingen, uns die Depesche auszuliefern. Erpressung. Ein Verbrecherpaar. Wo ist Dorsday? Dorsday, wo bist du? Hat er sich vielleicht umgebracht, aus Reue über meinen Tod? Im Spielzimmer wird er sein. Gewiß. An einem Kartentisch wird er sitzen. Dann will ich ihm von der Tür aus mit den Augen ein Zeichen geben. Er wird sofort aufstehen. ›Hier bin ich, mein Fräulein.‹ Seine Stimme wird klingen. ›Wollen wir ein wenig promenieren, Herr Dorsday?‹ ›Wie es beliebt, Fräulein Else.‹ Wir gehen über den Marienweg zum Walde hin. Wir sind allein. Ich schlage den Mantel auseinander. Die fünfzigtausend sind fällig. Die Luft ist kalt, ich bekomme eine Lungenentzündung und sterbe ... Warum sehen mich die zwei Damen an? Merken sie was? Warum bin ich denn da? Bin ich verrückt? Ich werde zurückgehen in mein Zimmer, mich geschwind ankleiden, das blaue, drüber den Mantel wie jetzt, aber offen, da kann niemand glauben, daß ich vorher nichts angehabt habe ... Ich kann nicht zurück. Ich will auch nicht zurück. Wo ist Paul? Wo ist Tante Emma? Wo ist Cissy? Wo sind sie denn alle? Keiner wird es merken ...

Man kann es ja gar nicht merken. Wer spielt so schön? Chopin? Nein, Schumann.

Ich irre in der Halle umher wie eine Fledermaus. Fünfzigtausend! Die Zeit vergeht. Ich muß diesen verfluchten Herrn von Dorsday finden. Nein, ich muß in mein Zimmer zurück... Ich werde Veronal trinken. Nur einen kleinen Schluck, dann werde ich gut schlafen... Nach getaner Arbeit ist gut ruhen... Aber die Arbeit ist noch nicht getan... Wenn der Kellner den schwarzen Kaffee dem alten Herrn dort serviert, so geht alles gut aus. Und wenn er ihn dem jungen Ehepaar in der Ecke bringt, so ist alles verloren. Wieso? Was heißt das? Zu dem alten Herrn bringt er den Kaffee. Triumph? Alles geht gut aus. Ha, Cissy und Paul! Da draußen vor dem Hotel gehen sie auf und ab. Sie reden ganz vergnügt miteinander. Er regt sich nicht sonderlich auf wegen meiner Kopfschmerzen. Schwindler! ... Cissy hat keine so schönen Brüste wie ich. Freilich, sie hat ja ein Kind... Was reden die zwei? Wenn man es hören könnte! Was geht es mich an, was sie reden? Aber ich könnte auch vors Hotel gehen, ihnen guten Abend wünschen und dann weiter, weiterflattern über die Wiese, in den Wald, hinaufsteigen, klettern, immer höher, bis auf den Cimone hinauf, mich hinlegen, einschlafen, erfrieren. Geheimnisvoller Selbstmord einer jungen Dame der Wiener Gesellschaft. Nur mit einem schwarzen Abendmantel bekleidet, wurde das schöne Mädchen an einer unzugänglichen Stelle des Cimone della Pala tot aufgefunden ... Aber vielleicht findet man mich nicht ... Oder erst im nächsten Jahr. Oder noch später. Verwest. Als Skelett. Doch besser, hier in der geheizten Halle sein und nicht erfrieren. Nun, Herr von Dorsday, wo stecken Sie denn eigentlich? Bin ich verpflichtet zu warten? Sie haben mich zu suchen, nicht ich Sie. Ich will noch im Spielsaal nachschauen. Wenn er dort nicht ist, hat er sein Recht verwirkt. Und ich schreibe ihm: Sie waren nicht zu finden, Herr von Dorsday, Sie haben freiwillig verzichtet; das entbindet Sie nicht von der Verpflichtung, das Geld sofort abzuschicken. Das Geld. Was für ein Geld denn? Was kümmert mich das? Es ist mir doch ganz gleichgültig, ob er das Geld abschickt oder nicht. Ich habe nicht das geringste Mitleid mehr mit Papa. Mit keinem Menschen habe ich Mitleid. Auch mit mir selber nicht. Mein Herz ist tot. Ich glaube, es schlägt gar nicht mehr. Vielleicht habe ich das Veronal schon getrunken ... Warum schaut mich die holländische Familie so an? Man kann doch unmöglich was merken. Der Portier sieht mich auch so verdächtig an. Ist vielleicht noch eine Depesche gekommen? Achtzigtausend? Hunderttausend? Adresse bleibt Fiala. Wenn eine Depesche da wäre, würde er es mir sagen. Er sieht mich hochachtungsvoll an. Er weiß nicht, daß ich unter dem Mantel nichts anhabe. Niemand weiß es. Ich gehe zurück in mein Zimmer. Zurück, zurück, zurück! Wenn ich über die Stufen stolperte, das wäre eine nette Geschichte. Vor drei Jahren auf dem Wörthersee ist eine Dame ganz nackt hinausgeschwommen. Aber noch am selben Nachmittag ist sie abgereist. Die Mama hat gesagt, es ist eine Operettensängerin aus Berlin. Schumann? Ja, Karneval. Die oder der spielt ganz schön. Das Kartenzimmer ist aber rechts. Letzte Möglichkeit, Herr von Dorsday. Wenn er dort ist, winke ich ihn mit den Augen zu mir her und sage ihm, um Mitternacht werde ich bei Ihnen sein, Sie Schuft. – Nein, Schuft sage ich ihm nicht. Aber nachher sage ich es ihm... Irgendwer geht mir nach. Ich wende mich nicht um. Nein, nein. –

»*Else!*« – Um Gottes willen, die Tante. Weiter, weiter! »*Else!*« – Ich muß mich umdrehen, es hilft mir nichts. »Oh, guten Abend, Tante.« – »*Ja,*

*Else, was ist denn mit dir? Grad wollte ich zu dir hinaufschauen. Paul hat mir gesagt – – Ja, wie schaust du denn aus?«* – »Wie schau ich denn aus, Tante? Es geht mir schon ganz gut. Ich habe auch eine Kleinigkeit gegessen.« Sie merkt was, sie merkt was. – *»Else – du hast ja – keine Strümpfe an!«* – »Was sagst du da, Tante? Meiner Seel, ich habe keine Strümpfe an. Nein –!« – *»Ist dir nicht wohl, Else? Deine Augen – du hast Fieber.«* – »Fieber? Ich glaub nicht. Ich hab' nur so furchtbare Kopfschmerzen gehabt, wie nie in meinem Leben noch.« – *»Du mußt sofort zu Bett, Kind, du bist totenblaß.«* – »Das kommt von der Beleuchtung, Tante. Alle Leute sehen hier blaß aus in der Halle.« Sie schaut so sonderbar an mir herab. Sie kann doch nichts merken? Jetzt nur die Fassung bewahren. Papa ist verloren, wenn ich nicht die Fassung bewahre. Ich muß etwas reden. »Weißt du, Tante, was mir heuer in Wien passiert ist? Da bin ich einmal mit einem gelben und einem schwarzen Schuh auf die Straße gegangen.« Kein Wort ist wahr. Ich muß weiterreden. Was sag' ich nur? »Weißt du, Tante, nach Migräneanfällen habe ich manchmal solche Anfälle von Zerstreutheit. Die Mama hat das auch früher gehabt.« Nicht ein Wort ist wahr. – *»Ich werde jedenfalls* *um den Doktor schicken.«* – »Aber ich bitte dich, Tante, es ist ja gar keiner im Hotel. Man müßt einen aus einer anderen Ortschaft holen. Der würde schön lachen, daß man ihn holen läßt, weil ich keine Strümpfe anhabe. Haha.« Ich sollte nicht so laut lachen. Das Gesicht von der Tante ist angstverzerrt. Die Sache ist ihr unheimlich. Die Augen fallen ihr heraus. – *»Sag', Else, hast du nicht zufällig Paul gesehen?«* – Ah, sie will sich Sukkurs verschaffen. Fassung, alles steht auf dem Spiel. »Ich glaube, er geht auf und ab vor dem Hotel mit Cissy Mohr, wenn ich nicht irre.« – *»Vor dem Hotel? Ich werde sie beide herbeiholen. Wir wollen noch alle einen Tee trinken, nicht wahr?«* – »Gern.« Was für ein dummes Gesicht sie macht. Ich nicke ihr ganz freundlich und harmlos zu. Fort ist sie. Ich werde jetzt in mein Zimmer gehen. Nein, was soll ich denn in meinem Zimmer tun? Es ist höchste Zeit, höchste Zeit. Fünfzigtausend, fünfzigtausend. Warum laufe ich denn so? Nur langsam, langsam ... Was will ich denn? Wie heißt der Mann? Herr von Dorsday. Komischer Name ... Da ist ja das Spielzimmer. Grüner Vorhang vor der Tür. Man sieht nichts. Ich stelle mich auf die Zehenspitzen. Die Whistpartie. Die spielen jeden Abend. Dort spielen zwei

Herren Schach. Herr von Dorsday ist nicht da. Viktoria. Gerettet! Wieso denn? Ich muß weiter suchen. Ich bin verdammt, Herrn von Dorsday zu suchen bis an mein Lebensende. Er sucht mich gewiß auch. Wir verfehlen uns immerfort. Vielleicht sucht er mich oben. Wir werden uns auf der Stiege treffen. Die Holländer sehen mich wieder an. Ganz hübsch die Tochter. Der alte Herr hat eine Brille, eine Brille, eine Brille ... Fünfzigtausend. Es ist ja nicht so viel. Fünfzigtausend, Herr von Dorsday. Schumann? Ja, Karneval ... Hab'

ich auch einmal studiert. Schön spielt sie. Warum denn sie? Vielleicht ist es ein Er? Vielleicht ist es eine Virtuosin? Ich will einen Blick in den Musiksalon tun.

Da ist ja die Tür. – – Dorsday! Ich falle um. Dorsday! Dort steht er am Fenster und hört zu. Wie ist das möglich? Ich verzehre mich – ich werde verrückt – ich bin tot – und er hört einer fremden Dame Klavierspielen zu. Dort auf dem Diwan sitzen zwei Herren. Der Blonde ist erst heute angekommen. Ich hab' ihn aus dem Wagen steigen sehen. Die Dame ist gar nicht mehr jung. Sie ist schon ein paar Tage lang hier. Ich habe nicht gewußt, daß sie so schön Klavier spielt. Sie

hat es gut. Alle Menschen haben es gut ... nur ich bin verdammt ... Dorsday! Dorsday! Ist er das wirklich? Er sieht mich nicht. Jetzt schaut er aus, wie ein anständiger Mensch. Er hört zu. Fünfzigtausend! Jetzt oder nie. Leise die Tür aufgemacht. Da bin ich, Herr von Dorsday! Er sieht mich nicht. Ich will ihm nur ein Zeichen mit den Augen geben, dann werde ich den Mantel ein wenig lüften, das ist genug. Ich bin ja ein junges Mädchen. Bin ein anständiges junges Mädchen aus guter Familie. Bin ja keine Dirne ... Ich will fort. Ich will Veronal nehmen und schlafen. Sie haben sich geirrt, Herr von Dorsday, ich bin keine Dirne.

Adieu, adieu! ... Ha, er schaut auf. Da bin ich, Herr von Dorsday. Was für Augen er macht. Seine Lippen zittern. Er bohrt seine Augen in meine Stirn. Er ahnt nicht, daß ich nackt bin unter dem Mantel. Lassen Sie mich fort, lassen Sie mich fort! Seine Augen glühen. Seine Augen drohen. Was wollen Sie von mir? Sie sind ein Schuft. Keiner sieht mich als er. Sie hören zu. So kommen Sie doch, Herr von Dorsday! Merken Sie nichts? Dort im Fauteuil – Herrgott, im Fauteuil – das ist ja der Filou! Himmel, ich danke dir. Er ist wieder da, er ist wieder da! Er war nur auf einer Tour! Jetzt ist er wieder da. Der Römerkopf ist wieder da. Mein Bräutigam, mein Geliebter. Aber er sieht mich nicht. Er soll mich auch nicht sehen. Was wollen Sie, Herr von Dorsday? Sie schauen mich an, als wenn ich Ihre Sklavin wäre. Ich bin nicht Ihre Sklavin. Fünfzigtausend! Bleibt es bei unserer Abmachung, Herr von Dorsday? Ich bin bereit. Da bin ich. Ich bin ganz ruhig. Ich lächle. Verstehen Sie meinen Blick? Sein Auge spricht zu mir: Komm! Sein Auge spricht: Ich will dich nackt sehen. Nun, du Schuft, ich bin ja nackt. Was willst du denn noch? Schick die Depesche ab... Sofort... Es rieselt durch meine Haut. Die Dame spielt weiter. Köstlich rieselt es durch meine

Haut. Wie wundervoll ist es, nackt zu sein. Die Dame spielt weiter, sie weiß nicht, was hier

geschieht. Niemand weiß es. Keiner noch sieht mich. Filou, Filou! Nackt stehe ich da. Dorsday reißt die Augen auf. Jetzt endlich glaubt er es. Der Filou steht auf. Seine Augen leuchten. Du verstehst mich, schöner Jüngling. »Haha!« Die Dame spielt nicht mehr. Der Papa ist gerettet. Fünfzigtausend! Adresse bleibt Fiala! »Ha, ha, ha!« Wer lacht denn da? Ich selber? »Ha, ha, ha!« Was sind denn das für Gesichter um mich? »Ha, ha, ha!« Zu dumm, daß ich lache. Ich will nicht lachen, ich will nicht. »Haha!« – *»Else!«* – Wer ruft Else? Das ist Paul. Er muß hinter mir sein. Ich spüre einen Luftzug über meinen nackten Rükken! Es saust in meinen Ohren. Vielleicht bin ich schon tot? Was wollen Sie, Herr von Dorsday? Warum sind Sie so groß und stürzen über mich her? »Ha, ha, ha!«

Was habe ich denn getan? Was habe ich getan? Was habe ich getan? Ich falle um. Alles ist vorbei. Warum ist denn keine Musik mehr? Ein Arm schlingt sich um meinen Nacken. Das ist Paul. Wo ist denn der Filou? Da lieg ich. »Ha, ha, ha!« Der Mantel fliegt auf mich herab. Und ich liege da. Die Leute halten mich für ohnmächtig. Nein, ich bin nicht ohnmächtig. Ich bin bei vollem Bewußtsein. Ich bin hundertmal wach, ich bin tausendmal wach. Ich muß nur immer lachen. »Ha, ha, ha!« Jetzt haben Sie Ihren Willen, Herr von Dorsday, Sie müssen das Geld für Papa schicken. Sofort. »Haaaah!« Ich will nicht schreien, und ich muß immer schreien. Warum muß ich denn schreien. – Meine Augen sind zu. Niemand kann mich sehen. Papa ist gerettet. – *»Else!«* – Das ist die Tante. – *»Else! Else!«* – *»Ein Arzt, ein Arzt!«* – *»Geschwind zum Portier!«* – *»Was ist denn passiert?«* – *»Das ist ja nicht möglich.«* – *»Das arme*

*Kind.«* – Was reden sie denn da? Was murmeln sie denn da? Ich bin kein armes Kind. Ich bin glücklich. Der Filou hat mich nackt gesehen. Oh, ich schäme mich so. Was habe ich getan? Nie wieder werde ich die Augen öffnen. – *»Bitte, die Türe schließen.«* – Warum soll man die Türe schließen? Was für Gemurmel. Tausend Leute sind um mich. Sie halten mich alle für ohnmächtig. Ich bin nicht ohnmächtig. Ich träume nur. – *»Beruhigen Sie sich doch, gnädige Frau.«* – *»Ist schon um den Arzt geschickt?«* – *»Es ist ein Ohnmachtsanfall.«* – Wie weit sie alle weg sind. Sie sprechen alle vom Cimone herunter. – *»Man kann sie doch nicht auf dem Boden liegen lassen.«* – *»Hier ist ein Plaid.«* – *»Eine Decke.«* – *»Decke oder Plaid, das ist ja gleichgültig.«* – *»Bitte doch um Ruhe.«* – *»Auf den Diwan.«* – *»Bitte doch endlich die Türe zu schließen.«* – *»Nicht so nervös sein, sie ist ja geschlossen.«* – *»Else! Else!«* – Wenn die Tante nur endlich still wär! – *»Hörst du mich, Else?«* – *»Du siehst doch, Mama, daß sie ohnmächtig ist.«* – Ja, Gott sei Dank, für Euch bin ich ohnmächtig. Und ich bleibe auch ohnmächtig. – *»Wir müssen sie auf ihr Zimmer bringen.«* – *»Was ist denn da geschehen? Um Gottes willen!«* – Cissy. Wie kommt denn Cissy auf die Wiese. Ach, es ist ja nicht die Wiese. – »*Else!*« – »*Bitte um Ruhe.*« – »*Bitte ein wenig zurücktreten.*« – Hände, Hände unter mir. Was wollen sie denn? Wie schwer ich bin. Pauls Hände. Fort, fort. Der Filou ist in meiner Nähe, ich spüre es. Und Dorsday ist fort. Man muß ihn suchen. Er darf sich nicht umbringen, ehe er die fünfzigtausend abgeschickt hat. Meine Herrschaften, er ist mir Geld schuldig. Verhaften Sie ihn. »*Hast du eine Ahnung, von wem die Depesche war, Paul?*« – »*Guten Abend, meine Herrschaften.*« – »*Else, hörst du mich?*« – »*Lassen Sie sie doch, Frau Cissy.*« – »*Ach Paul.*« – »*Der Direktor sagt, es kann vier Stunden dauern, bis der Doktor da ist.*« – »*Sie sieht aus, als wenn sie schliefe.*« – Ich liege auf dem Diwan, Paul hält meine Hände, er fühlt mir den Puls. Richtig, er ist ja Arzt. – »*Von Gefahr ist keine Rede, Mama. Ein – Anfall.*« – »*Keinen Tag länger bleibe ich im Hotel.*« – »*Bitte dich, Mama.*« – »*Morgen früh reisen wir ab.*« – »*Aber einfach über die Dienerschafsstiege. Die Tragbahre wird sofort hier sein.*« – Bahre? Bin ich nicht heute schon auf einer Bahre gelegen? War ich nicht schon tot? Muß ich denn noch einmal sterben? – »*Wollen Sie nicht dafür sorgen, Herr Direktor, daß die Leute sich endlich von der Türe entfernen.*« – »*Rege dich doch nicht auf, Mama.« – »Es ist eine Rücksichtslosigkeit von den Leuten.«* – Warum flüstern sie denn alle? Wie in einem Sterbezimmer. Gleich wird die Bahre da sein. Mach' auf das Tor, Herr Matador! – *»Der Gang ist frei.« – »Die Leute könnten doch wenigstens so viel Rücksicht haben.« – »Ich bitte dich, Mama, beruhige dich doch.« – »Bitte, gnädige Frau.« – »Wollen Sie sich nicht ein wenig meiner Mutter annehmen, Frau Cissy?«* – Sie ist seine Geliebte, aber sie ist nicht so schön wie ich. Was ist denn schon wieder? Was geschieht denn da? Sie bringen die Bahre. Ich sehe es mit geschlossenen Augen. Das ist die Bahre, auf der sie die Verunglückten tragen. Auf der ist auch der Doktor Zigmondi gelegen, der vom Cimone abgestürzt ist. Und jetzt werde ich auf der Bahre liegen. Ich bin auch abgestürzt. »Ha!« Nein, ich will nicht noch einmal schreien. Sie flüstern. Wer beugt sich über meinen Kopf? Es riecht gut nach Zigaretten. Seine Hand ist unter meinem Kopf. Hände unter meinem Rücken, Hände unter meinen Beinen. Fort, fort, rührt mich nicht an. Ich bin ja nackt. Pfui, pfui. Was wollt Ihr denn? Laßt mich in Ruhe. Es war nur für Papa. – *»Bitte vorsichtig, so, langsam.« – »Der Plaid?« – »Ja, danke, Frau Cissy.«* – Warum dankt er ihr? Was hat sie denn getan? Was geschieht mit mir? Ah, wie gut, wie gut. Ich schwebe. Ich schwebe hinüber. Man trägt mich, man trägt mich, man trägt mich zu Grabe. – »*Aber mir sein das g'wohnt, Herr Doktor. Da sind schon Schwerere darauf gelegen. Im vorigen Herbst einmal zwei zugleich.* – »*Pst, pst.*« – »*Vielleicht sind Sie so gut, vorauszugehen, Frau Cissy und sehen, ob in Elses Zimmer alles in Ordnung ist.*« – Was hat Cissy in meinem Zimmer zu tun? Das Veronal, das Veronal! Wenn Sie es nur nicht weggießen. Dann müßte ich mich doch zum Fenster hinunterstürzen. – »*Danke sehr, Herr Direktor, bemühen Sie sich nicht weiter.*« – »*Ich werde mir erlauben, später wieder nachzufragen.*« – Die Treppe knarrt, die Träger haben schwere Bergstiefel. Wo sind meine Lackschuhe? Im Musikzimmer geblieben. Man wird sie stehlen. Ich habe sie der Agathe vermachen wollen. Fred kriegt meine Füllfeder. Sie tragen mich, sie tragen mich. Trauerzug. Wo ist Dorsday, der Mörder? Fort ist er. Auch der Filou ist fort. Er ist gleich wieder auf die Wanderschaft gegangen. Er ist nur zurückgekommen, um einmal meine weißen Brüste zu sehen. Und jetzt ist er wieder fort. Er geht einen schwindligen Weg zwischen Felsen und Abgrund; – leb' wohl, leb' wohl.

– Ich schwebe, ich schwebe. Sie sollen mich nur hinauftragen, immer weiter, bis zum Dach, bis zum Himmel. Das wäre so bequem. – »*Ich habe es ja kommen gesehen, Paul.*« – Was hat die Tante kommen gesehen? – »*Schon die ganzen letzten Tage habe ich so etwas kommen gesehen. Sie ist überhaupt nicht normal. Sie muß natürlich in eine Anstalt.*« – »*Aber Mama, jetzt ist doch nicht der Moment, davon zu reden.*« – Anstalt –? Anstalt –?! – »*Du denkst doch nicht, Paul, daß ich in ein und demselben Coupé mit dieser Person nach Wien fahren werde. Da könnte man schöne Sachen erleben.*« – »*Es wird nicht das Geringste passieren, Mama. Ich garantiere dir, daß du keinerlei Ungelegenheiten haben wirst.*« – »*Wie kannst du das garantieren?*« – Nein, Tante, du sollst keine Ungelegenheiten haben. Niemand wird Ungelegenheiten haben. Nicht einmal Herr von Dorsday. Wo sind wir denn? Wir bleiben stehen. Wir sind im zweiten Stock. Ich werde blinzeln. Cissy steht in der Tür und spricht mit Paul. – »*Hieher bitte. So. So. Hier. Danke. Rücken Sie die Bahre ganz nah ans Bett heran.*« – Sie heben die Bahre. Sie tragen mich. Wie gut. Nun bin ich wieder zu Hause. Ah! – »*Danke. So, es ist schon recht. Bitte die Türe zu schließen. – Wenn Sie so gut sein wollten, mir zu helfen, Cissy.«* – *»Oh, mit Vergnügen, Herr Doktor.«* – *»Langsam, bitte. Hier, bitte, Cissy, fassen Sie sie an. Hier an den Beinen. Vorsichtig. Und dann — Else —? Hörst du mich, Else?«* – Aber natürlich höre ich dich, Paul. Ich höre alles. Aber was geht Euch das an. Es ist ja so schön, ohnmächtig zu sein. Ach, macht, was Ihr wollt. – *»Paul!«* – *»Gnädige Frau?«* – *»Glaubst du wirklich, daß sie bewußtlos ist, Paul?«* – Du? Sie sagt ihm du. Hab' ich Euch erwischt! Du sagt sie ihm! – *»Ja, sie ist vollkommen bewußtlos. Das kommt nach solchen Anfällen gewöhnlich vor.«* – *»Nein, Paul, du bist zum Kranklachen, wenn du dich so erwachsen als Doktor benimmst.«* – Hab' ich Euch, Schwindelbande! Hab' ich Euch? – *»Still, Cissy.«* – *»Warum denn, wenn sie nichts hört?!«* – Was ist denn geschehen? Nackt liege ich im Bett unter der Decke. Wie haben sie das gemacht? – *»Nun, wie geht's? Besser?«* – Das ist ja die Tante. Was will sie denn da? – *»Noch immer ohnmächtig?«* – Auf den Zehenspitzen schleicht sie heran. Sie soll zum Teufel gehen. Ich laß mich in keine Anstalt bringen. Ich bin nicht irrsinnig. – *»Kann man sie nicht zum Bewußtsein erwecken?«* – *»Sie wird bald wieder zu sich kommen, Mama. Jetzt braucht sie* *nichts als Ruhe. Übrigens du auch, Mama. Möchtest du nicht schlafen gehen? Es besteht absolut keine Gefahr. Ich werde zusammen mit Frau Cissy bei Else Nachtwache halten.«* – *»Jawohl, gnädige Frau, ich bin die Gardedame. Oder Else, wie man's nimmt.«* – Elendes Frauenzimmer. Ich liege hier ohnmächtig und sie macht Späße. *»Und ich kann mich darauf verlassen, Paul, daß du mich wecken läßt, sobald der Arzt kommt?«* – *»Aber Mama, der kommt nicht vor morgen früh.«* – *»Sie sieht aus, als wenn sie schliefe. Ihr Atem geht ganz ruhig.«* – *»Es ist ja auch eine Art von Schlaf, Mama.«* – *»Ich kann mich noch immer nicht fassen, Paul, ein solcher Skandal! – Du wirst sehen, es kommt in die Zeitung!«* – *»Mama!«* – *»Aber sie kann doch nichts hören, wenn sie ohnmächtig ist. Wir reden doch ganz leise.«* – *»In diesem Zustand sind die Sinne manchmal unheimlich geschärft.«* – *»Sie haben einen so gelehrten Sohn, gnädige Frau.«* – *»Bitte dich, Mama, geh' zu Bette.«* – *»Morgen reisen wir ab, unter jeder Bedingung. Und in Bozen nehmen wir eine Wärterin für Else.«* – Was? Eine Wärterin? Da werdet Ihr Euch aber täuschen. – *»Über all' das reden wir morgen, Mama. Gute Nacht, Mama.«* – *»Ich will mir einen Tee aufs Zimmer* *bringen lassen und in einer Viertelstunde schau ich noch einmal her.« – »Das ist doch absolut nicht notwendig, Mama.«* – Nein, notwendig ist es nicht. Du sollst überhaupt zum Teufel gehen. Wo ist das Veronal? Ich muß noch warten. Sie begleiten die Tante zur Türe. Jetzt sieht mich niemand. Auf dem Nachttisch muß es ja stehen, das Glas mit dem Veronal. Wenn ich es austrinke, ist alles vorbei. Gleich werde ich es trinken. Die Tante ist fort. Paul und Cissy stehen noch an der Tür. Ha. Sie küßt ihn. Sie küßt ihn. Und ich liege nackt unter der Decke. Schämt Ihr Euch denn gar nicht. Sie küßt ihn wieder. Schämt Ihr Euch nicht? – *»Siehst du, Paul, jetzt weiß ich, daß sie ohnmächtig ist. Sonst wäre sie mir unbedingt an die Kehle gesprungen.« »Möchtest du mir nicht den Gefallen tun und schweigen, Cissy?« – »Aber was willst du denn, Paul? Entweder ist sie wirklich bewußtlos. Dann hört und sieht sie nichts. Oder sie hält uns zum Narren. Dann geschieht ihr ganz recht.« – »Es hat geklopft, Cissy.« – »Mir kam es auch so vor.« – »Ich will leise aufmachen und sehen, wer es ist. – Guten Abend, Herr von Dorsday.« – »Verzeihen Sie, ich wollte nur fragen, wie sich die Kranke«* – Dorsday! Dorsday! Wagt er es wirklich! Alle Bestien sind losgelassen. Wo ist er denn? Ich höre sie flüstern vor der Tür. Paul und Dorsday. Cissy stellt sich vor den Spiegel hin. Was machen Sie vor dem Spiegel dort? Mein Spiegel ist es. Ist nicht mein Bild noch drin? Was reden sie draußen vor der Tür, Paul und Dorsday? Ich fühle Cissys Blick. Vom Spiegel aus sieht sie zu mir her. Was will sie denn? Warum kommt sie denn näher? Hilfe! Hilfe! Ich schreie doch, und keiner hört mich. Was wollen Sie an meinem Bett, Cissy?! Warum beugen Sie sich herab? Wollen Sie mich erwürgen! Ich kann mich nicht rühren. – »*Else!*« – Was will sie denn? – »*Else! Hören Sie mich, Else?*« – Ich höre, aber ich schweige. Ich bin ohnmächtig, ich muß schweigen. – »*Else, Sie haben uns in einen schönen Schreck versetzt.*« – Sie spricht zu mir. Sie spricht zu mir, als wenn ich wach wäre. Was will sie denn? – »*Wissen Sie, was Sie getan haben, Else? Denken Sie, nur mit dem Mantel bekleidet sind Sie ins Musikzimmer getreten, sind plötzlich nackt dagestanden vor allen Leuten und dann sind Sie ohnmächtig hingefallen. Ein hysterischer Anfall, wird behauptet. Ich glaube kein Wort davon. Ich glaube auch nicht, daß Sie bewußtlos sind. Ich wette, Sie hören jedes Wort, das ich rede.*« – Ja, ich höre, ja, ja, ja. Aber sie hört mein Ja nicht. Warum denn nicht? Ich kann meine Lippen nicht bewegen. Darum hört sie mich nicht. Ich kann mich nicht rühren. Was ist denn mit mir? Bin ich tot? Bin ich scheintot? Träume ich? Wo ist das Veronal? Ich möchte mein Veronal trinken. Aber ich kann den Arm nicht ausstrecken. Gehen Sie fort, Cissy. Warum sind Sie über mich gebeugt? Fort, fort! Nie wird sie wissen, daß ich sie gehört habe. Niemand wird es je wissen. Nie wieder werde ich zu einem Menschen sprechen. Nie wache ich wieder auf. Sie geht zur Türe. Sie wendet sich noch einmal nach mir um. Sie öffnet die Türe. Dorsday! Dort steht er. Ich habe ihn gesehen mit geschlossenen Augen. Nein, ich sehe ihn wirklich. Ich habe ja die Augen offen. Die Türe ist angelehnt. Cissy ist auch draußen. Nun flüstern sie alle. Ich bin allein. Wenn ich mich jetzt rühren könnte.

Ha, ich kann ja, kann ja. Ich bewege die Hand, ich rege die Finger, ich strecke den Arm, ich sperre die Augen weit auf. Ich sehe, ich sehe. Da steht mein Glas. Geschwind, ehe sie wieder ins Zimmer kommen. Sind es nur Pulver genug?! Nie wieder darf ich erwachen. Was ich zu tun hatte auf der Welt, habe ich getan. Der Papa ist gerettet. Niemals könnte ich wieder unter Menschen gehen. Paul guckt durch die Türspalte herein. Er denkt, ich bin noch ohnmächtig. Er sieht nicht, daß ich den Arm beinahe schon ausgestreckt habe. Nun stehen sie wieder alle drei draußen vor der Tür, die Mörder! – Alle sind sie Mörder. Dorsday und Cissy und Paul, auch Fred ist ein Mörder und die Mama ist eine Mörderin. Alle haben sie mich gemordet und machen sich nichts wissen. Sie hat sich selber umgebracht, werden sie sagen. Ihr habt mich umgebracht, Ihr alle, Ihr alle! Hab' ich es endlich? Geschwind, geschwind! Ich muß. Keinen Tropfen verschütten. So. Geschwind. Es schmeckt gut. Weiter, weiter. Es ist gar kein Gift. Nie hat mir was so gut geschmeckt. Wenn Ihr wüßtet, wie gut der Tod schmeckt! Gute Nacht, mein Glas. Klirr, klirr! Was ist denn das! Auf dem Boden liegt das Glas. Unten liegt es. Gute Nacht. – »*Else! Else?*« – Was wollt Ihr denn? – »*Else!*« – Seid Ihr wieder da? Guten Morgen. Da lieg' ich bewußtlos mit geschlossenen Augen. Nie wieder sollt Ihr meine Augen sehen. – »*Sie muß sich bewegt haben, Paul, wie hätte es sonst herunterfallen können?*« – »*Eine unwillkürliche Bewegung, das wäre schon möglich.*« – »*Wenn sie nicht wach ist.*« – »*Was fällt dir ein, Cissy. Sieh sie doch nur an.*« – Ich habe Veronal getrunken. Ich werde sterben. Aber es ist geradeso wie vorher. Vielleicht war es nicht genug... Paul faßt meine Hand. – »*Der Puls geht ruhig. Lach' doch nicht, Cissy. Das arme Kind.*« – »*Ob du mich auch ein armes Kind nennen würdest, wenn ich mich im Musikzimmer nackt hingestellt hätte?*« – »*Schweig' doch, Cissy.*« – »*Ganz nach Belieben, mein Herr. Vielleicht soll ich mich entfernen, dich mit dem nackten Fräulein allein lassen. Ach bitte, geniere dich nicht. Tu', als ob ich nicht da wäre.*« – Ich habe Veronal getrunken. Es ist gut. Ich werde sterben. Gott sei Dank. – »*Übrigens weißt du, was mir vorkommt. Daß dieser Herr von Dorsday in das nackte Fräulein verliebt ist. Er war so erregt, als ginge ihn die Sache persönlich an.*« – Dorsday, Dorsday! Das ist ja der – Fünfzigtausend! Wird er sie abschicken? Um Gottes willen, wenn er sie nicht abschickt? Ich muß es ihnen sagen. Sie müssen ihn zwingen. Um Gottes willen, wenn alles umsonst gewesen ist? Aber jetzt kann man mich noch retten. Paul! Cissy! Warum hört Ihr mich denn nicht? Wißt Ihr denn nicht, daß ich sterbe? Aber ich spüre nichts. Nur müde bin ich. Paul! Ich bin müde. Hörst du mich denn nicht? Ich bin müde, Paul. Ich kann die Lippen nicht öffnen. Ich kann die Zunge nicht bewegen, aber ich bin noch nicht tot. Das ist das Veronal. Wo seid

Ihr denn? Gleich schlafe ich ein. Dann wird es zu spät sein! Ich höre sie gar nicht reden. Sie reden, und ich weiß nicht was. Ihre Stimmen brausen so. So hilf mir doch, Paul! die Zunge ist mir so schwer. – *»Ich glaube, Cissy, daß sie bald erwachen wird. Es ist, als wenn sie sich schon mühte, die Augen zu öffnen. Aber Cissy, was tust du denn?«* – *»Nun, ich umarme dich. Warum denn nicht? Sie hat sich auch nicht geniert.«* – Nein, ich habe mich nicht geniert. Nackt bin ich dagestanden vor allen Leuten. Wenn ich nur reden könnte, so würdet Ihr verstehen warum. Paul! Paul! Ich will, daß Ihr mich hört. Ich habe Veronal getrunken, Paul, zehn Pulver, hundert. Ich hab' es nicht tun wollen. Ich war verrückt. Ich will nicht sterben. Du sollst mich retten, Paul. Du bist ja Doktor. Rette mich! – *»Jetzt scheint sie wieder ganz ruhig geworden. Der Puls – der Puls ist ziemlich regelmäßig.«* – Rette mich, Paul. Ich beschwöre dich. Laß mich doch nicht sterben. Jetzt ist's noch Zeit. Aber dann werde ich einschlafen und Ihr werdet es nicht wissen. Ich will nicht sterben. So rette mich doch. Es war nur wegen Papa. Dorsday hat es verlangt. Paul! Paul! – *»Schau mal her, Cissy, scheint dir nicht, daß sie lächelt?«* – *»Wie sollte sie nicht lächeln, Paul, wenn du immerfort* *zärtlich ihre Hand hältst.«* – Cissy, Cissy, was habe ich dir denn getan, daß du so böse zu mir bist. Behalte deinen Paul – aber laßt mich nicht sterben. Ich bin noch so jung. Die Mama wird sich kränken. Ich will noch auf viele Berge klettern. Ich will noch tanzen. Ich will auch einmal heiraten. Ich will noch reisen. Morgen machen wir die Partie auf den Cimone. Morgen wird ein wunderschöner Tag sein. Der Filou soll mitkommen. Ich lade ihn ergebenst ein. Lauf' ihm doch nach, Paul, er geht einen so schwindligen Weg. Er wird dem Papa begegnen. Adresse bleibt Fiala, vergiß nicht. Es sind nur fünfzigtausend, und dann ist alles in Ordnung. Da marschieren sie alle im Sträflingsgewand und singen. Mach' auf das Tor, Herr Matador! Das ist ja alles nur ein Traum. Da geht auch Fred mit dem heisren Fräulein und unter dem freien Himmel steht das Klavier. Der Klavierstimmer wohnt in der Bartensteinstraße, Mama! Warum hast du ihm denn nicht geschrieben, Kind? Du vergißt aber alles. Sie sollten mehr Skalen üben, Else. Ein Mädel mit dreizehn Jahren sollte fleißiger sein. – Rudi war auf dem Maskenball und ist erst um acht Uhr früh nach Hause gekommen. Was hast du mir mitgebracht, Papa? Dreißigtausend Puppen. Da brauch ich ein eigenes Haus dazu. Aber sie können auch im Garten spazierengehen. Oder auf den Maskenball mit Rudi. Grüß dich Gott, Else. Ach Bertha, bist du wieder aus Neapel zurück? Ja, aus Sizilien. Erlaube, daß ich dir meinen Mann vorstelle, Else. Enchanté, Monsieur. – *»Else, hörst du mich, Else? Ich bin es, Paul.«* – Haha, Paul. Warum sitzest du denn auf der Giraffe im Ringelspiel? – *»Else, Else!«* – So reit' mir doch nicht davon. Du kannst mich doch nicht hören, wenn du so schnell durch die Hauptallee reitest. Du sollst mich ja retten. Ich habe Veronalica genommen. Das läuft mir über die Beine, rechts und links, wie Ameisen. Ja, fang' ihn nur, den Herrn von Dorsday. Dort läuft er. Siehst du ihn denn nicht? Da springt er über den Teich. Er hat ja den Papa umgebracht. So lauf' ihm doch nach. Ich laufe mit. Sie haben mir die Bahre auf den Rücken geschnallt, aber ich laufe mit. Meine Brüste zittern so. Aber ich laufe mit. Wo bist du denn, Paul? Fred, wo bist du? Mama, wo bist Du? Cissy? Warum laßt Ihr mich denn allein durch die Wüste laufen? Ich habe ja Angst so allein. Ich werde lieber fliegen. Ich habe ja gewußt, daß ich fliegen kann.

*»Else!«* ...

*»Else!«* ...

Wo seid Ihr denn? Ich höre Euch, aber ich sehe Euch nicht.

*»Else!«* …

*»Else!«* …

*»Else!«* …

Was ist denn das? Ein ganzer Chor? Und Orgel auch? Ich singe mit. Was ist es denn für ein Lied? Alle singen mit. Die Wälder auch und die Berge und die Sterne. Nie habe ich etwas so Schönes gehört. Noch nie habe ich eine so helle Nacht gesehen. Gib mir die Hand, Papa. Wir fliegen zusammen. So schön ist die Welt, wenn man fliegen kann. Küss' mir doch nicht die Hand. Ich bin ja dein Kind, Papa.

*»Else! Else!«*

Sie rufen von so weit! Was wollt Ihr denn? Nicht wecken. Ich schlafe ja so gut. Morgen früh. Ich träume und fliege. Ich fliege … fliege … fliege … schlafe und träume … und fliege … nicht wecken … morgen früh …

*»El …«*

Ich fliege … ich träume … ich schlafe … ich träu … träu – ich flie …